산책하는 변호사의
세상 탐색기

산책하는 변호사의 세상 탐색기

발행일	2019년 12월 10일

지은이	김도균		
펴낸이	손형국		
펴낸곳	(주)북랩		
편집인	선일영	편집	오경진, 강대건, 최예은, 최승헌, 김경무
디자인	이현수, 김민하, 한수희, 김윤주, 허지혜	제작	박기성, 황동현, 구성우, 장홍석
마케팅	김회란, 박진관, 조하라, 장은별		
출판등록	2004. 12. 1(제2012-000051호)		
주소	서울시 금천구 가산디지털 1로 168, 우림라이온스밸리 B동 B113, 114호		
홈페이지	www.book.co.kr		
전화번호	(02)2026-5777	팩스	(02)2026-5747

ISBN	979-11-6299-999-8 03810 (종이책)	979-11-6299-981-3 05810 (전자책)

이 도서의 국립중앙도서관 출판예정도서목록(CIP)은 서지정보유통지원시스템 홈페이지(http://seoji.nl.go.kr)와 국가자료공동목록시스템(http://www.nl.go.kr/kolisnet)에서 이용하실 수 있습니다.
(CIP제어번호: 2019049324)

(주)북랩 성공출판의 파트너

북랩 홈페이지와 패밀리 사이트에서 다양한 출판 솔루션을 만나 보세요!

홈페이지 book.co.kr　　•　**블로그** blog.naver.com/essaybook　　•　**출판문의** book@book.co.kr

김도균 에세이

산책하는 변호사의
세상 탐색기

서문

살아가면서 누구나 하고 싶은 말이 있다.

그것도 나이 50세가 넘어가면, 책을 읽고 남의 이야기를 듣는 것도 필요하지만, 이제 자기의 이야기도 한번 하고 싶은 마음이 드는 것이다.

사색이라고 하면 나도 누구 못지않게 추구하며 살아왔다고 생각한다. 늘 마음의 소리에 귀를 기울이고, 나와 대화하며, 그 결론에 따라서 살려고 노력해 왔다.

이 책은 학문적 논구의 결과도 아니고, 다만 삶과 제도와 정치에 대한 나의 사색을 적은 것이다. 사물을 보이는 대로 보고 액면 그대로 인식하고자 애썼다. 망막에 비치는 그대로 보고자 하였다. 다수에게 통용되는 견해를 따르는 것도 아니고, 소수의 견해를 박대하는 것도 아니다. 다수의 근거를 의심하고 억압에 저항하는 면도 있다. 다수가 강자이든, 약자이든 간에 말이다.

인간은 사회 속에서, 인간관계 속에서, 경제·정치적 공동체(그 결합의 정도가 어떠하든) 속에서 그 영향을 받으며 살아간다. 때론 광기와 편견이 거센 폭풍우처럼 우리를 압박하지만, 결국 세상을 살아가는 것은 나 자신이다. 사회가, 정치 공동체가, 경제적 계층이 나의 삶을 살아 주지도, 나의 인생에 지침을 주지도 않는다.

그러기에 모든 중심은 나 자신이다. 사회는 중요한 요소이지만 보조적이다. 이 지구에서 사는 나를 중심적으로 사고하고 평가하며, 나에게 도움이 되는 것은 무엇이며, 사회의 제도를 나는 어느 정도 받아들이고 인정해야 하는지, 또 그것은 반드시 필요한지도 생각해 본다. 참된 지혜를 가지고 몸을 가벼이 하며 중심을 잡고 나아가는 것이 필요하다.

사람들은 예나 지금이나 고통 속에서 살아가고 있다. 우리나라는 절대적인 빈곤은 어느 정도 벗어났으나(하지만 가끔 생계에 쪼들려 세상을 등진 사람들의 기사가 종종 언론에 등장한다), 먹고 사는 것이 전부는 아니다.

남들이 보기에도 큰 고통을 겪고 있는 사람들도 있고, 남들이 보기에는 멀쩡해도 들여다보면 다들 자기 나름의 힘든 짐을 지고 가는 자들이 많다. 소위 웃고 있지만, 웃는 게 아니다.

그런데, 이런 삶의 고통은 어디에서 오는 것인가? 그중에는 우리 스스로가 원인을 아는 것도 있고, 모르는 것도 있다. 잘못된 제도로 고통받기도 하고, 남을 무시하고 남을 자신의 이익이나 쾌락의 도구로 이용하는 사람이나 세력으로 인하여 말할 수 없는 고통을 받기도 한다. 때로는 사회 전체나 다수가 집단으로 다른 집단에게 고통을 주는 혼돈에 휩싸이기도 한다. 그리고 좀 더 미세하게는 나 스스로의 세상에 대한 무지로, 혹은 나 스스로의 기질과 성향에 대한 무지로 갈피를 못 잡고 아픔의 세월을 보내기도 하고, 헛된 열정에 망상을 좇다 시간과 에너지를 낭비하기도 한다. 이렇듯 우리를 고통에 빠트리는 요소들은 너무나 많고, 도처에 산재해 있으며, 우리와 나 자신과 너무나 밀착되어 있다.

이 책은 이러한 무지와 알 수 없는 열정과 갈피를 잡을 수 없는 기질과 불합리한 사회 제도나 집단적인 생각들에 대한 나의 단상과 내 나름의 탈출구에 대하여 적은 것이다. 그것이 독자들의 생각과는 많이 다를 수도 있음을 인정하며, 다만 각자의 인생길을 한번 뒤돌아볼 수 있는 계기가 되길 바랄 뿐이다.

이 책이 개인이나 공동체의 삶의 지혜를 찾아가는 데 조금이나마 도움이 되고, 험한 인생길을 헤쳐나가는 데 작은 등불이 되었으면 하는 바람이다.

목차

001.
역사적 사명과 나의 길

무엇을 꼭 해야 한다고 생각하지 마라!
아무것도 하지 마라.

뭘 꼭 해야 하는 어떠한 이유도 없다.
우리는 그냥 이 땅에 태어났을 뿐이다.
어린 새끼에게 젖 주는 것 이외에
꼭 이 지구상에서 해야 할 일이 무엇이 있을지 나는 의심스럽다.

그렇게 일없이 마음을 비우고
조용히 있으면 무엇을 할 것인지가 조용히 떠오른다.
그 내면의 소리에 귀를 기울여라!

배고프지 않을 때 아무것도 먹지 않고 있으면
서서히 몸이 어떤 음식을 원하는지 말해 주는 것과 같은 이치이다.
배고프지 않은데도 남들이 정한 식사 때가 되었다고 해서 먹는다면 맛도 없고, 속도 편하지가 않다.

하고 싶은 일도 없는데, 남들이 뛰어간다고 해서 허겁지겁 따르다 보면

자신이 어디로 가는지도 모른다.

세상은 하나의 거대한 소용돌이이고 흐름이다.

정신을 단단히 차리지 않으면 그대로 휩쓸려 떠내려가고 마는 탁류이다.

세상은 주어진 것 같지만 늘 우리를 압박한다.

압박에 휘둘리면 갈 길을 잃어버리고 어디로 가는지도 모르고 간다.

그러므로 자기 자신의 길을 찾아라.

그리고 힘차게 걸어가라!

002.
원망은 영혼을 쇠하게 한다

힘이 들 때, 삶이 힘겨울 때

남에게 원망을 돌리고 싶고, 남의 탓을 하고 싶어지는 게 인지상정인가 싶다.

그러나 원망하지 마라! 탓하지 마라!

원망은 인생 문제를 해결하지 못하고 자신의 영혼을 좀먹는다.

사람 사이를 갈라놓는다.

남을 미워하면서 내 마음의 에너지와 건강한 정신이 쇠하게 된다.

원망을 없애는 길은 기본적으로 남에게 바라지 않아야 하는 것이다.

바라지 말고 우호 협력해라.

상대방의 도움을 기대하지 마라. 본디 전부 내가 떠안고 가야 하는 인생길이다.

남은 내가 아니다.

내가 무엇을 요구할 수 있는 어떠한 권리도 없다.

그러다가 뜻밖에 상대방에게 도움을 받으면
얼마나 감사하고 반가운가! 상대방도 그런 모습을 보며 기쁠 것이다.

모든 것이 당연히 주어져야 하고 받아야 하는, 그러한 권리·의무 관계는
인간관계를 피폐하게 한다.

남에게 무엇을 요구하기 전에 내가 무엇을 줄 게 없는지 돌아보라.
기쁘게 주는 행위가 복된 것이고, 서로를 북돋운다.
그런데 원망에서 나오는 요구는 그런 기쁨을 앗아간다.
남의 기쁨을 빼앗지 말고, 나의 기쁨을 찾아라.

003.
기분이라는 것에 의존하지 마라

대학 철학 수업 시간에 "인간은 기분 속에 태어난다."라는 철학자의 말을 들은 적이 있다.

이렇듯 기분이라는 것은 우리에게 있어서 하나의 환경이다.

우리는 기분 속에서 하루를 시작하고 하루를 마무리한다.

보이지 않는 우리의 마음속 환경인 것이다.

이 환경은 수시로 변하기도 한다.

내가 어떤 유쾌하거나 불쾌한 생각을 할 때면 종종 기분이 바뀐다.

생각으로만 그치는 경우도 있으나,

기분이 바뀌는 경우까지 이르는 경우도 많다.

그리고 이 기분이라는 것은 외부의 자극, 즉 산에 가서 좋은 공기를 마시고 경치를 구경하고, 멋진 이성을 앞에 두면 바로 변하기도 한다.

어찌 되었든 우리는 늘 기분 속에서 살아가는 것이다.

그런데, 그 기분이라는 것이

종종 내 마음대로 되는 것이 아니라는 데 문제가 있다.

어떤 날은 왠지 기분이 좋고, 어떤 날은 왠지 시무룩하다.

내가 왜 이런 기분에 둘러싸여 있는지 모를 때가 있다.

특히 기분이 좋지 않을 때 그런 경우가 많다.

그러나 가만히 생각하여 보면, 기분이라는 것에는 등산 중에 하나의 계곡을 지나듯이 기분이 전환되는 통로가 있다. 기분의 통로랄까, 기분이 나오는 구멍이랄까.

생각과 느낌이 안 좋은 방향으로, 혹은 유쾌한 방향으로 향하는 길목이 있는 것이다.

그 길목에서 어느 길로 향하느냐에 따라서 기분이 좋아지기도 하고 나빠지기도 한다. 이것을 통제하기에 따라서 기분이 좌우되기도 한다고 나는 그렇게 생각하고 느껴 왔다.

어떤 때는 좋은 생각, 소식 등의 파급력 내지는 지배력이 워낙 나를 압도하여 기분이 물밀 듯이 홍수처럼 한 방향으로 쏠리는 경우도 있다.

물론 그런 급물살이 흐를 때를 부정할 수는 없겠으나, 스스로를 관조하면 이내 지금 나를 지배하는 그러한 기분의 흐름을 느낄 수

산책하는 변호사의
세상 탐색기

있고, 무드에 빠져 있는 자신의 모습을 발견할 수 있다.

여기에서 곧 기분의 지배에서 벗어날 수 있는 단초를 발견하는 것이다.

내 속에는 내가 잘 모르는 내가 있다.

알더라도 통제가 잘 되지 않는다.

성격과 기분이 그것이다.

성격은 많이 스스로 경험하고 느끼고 있으나, 기분이라는 것은 근원을 모른다. 어디서 와서 어디로 가는지 잘 모른다. 그러나 보이지 않게 우리를 지배한다.

기분을 알고 기분을 지배해야 힘든 생활을 면한다.

그렇지 않으면 늘 자기도 모르는 자신에게 영문도 모르고 잡혀 다닌다. 가끔 기분에 우리를 맡길 수는 있겠으나, 자주 맡기게 되면 자신의 모습을 잃어버리게 되고 정처 없는 길을 떠나게 된다.

기분이 지나는 길목을 틀어잡고 종횡무진 자유롭게 살자.

004.
상처받는 자들이여, 체온을 높여라

"상처 없는 영혼이 어디 있으랴." 하는 시구가 있다.
우리 모두가 상처를 받고 살아간다.

기본적으로 인간은 다른 동물들에 비하여 지능은 높지만, 약한
동물이다. 사랑과 인정을 갈구하는 동물이다.
사랑과 인정이라는 것은 남에게 의존하는 것이다.

상처는 약한 자가 받는다.
상처를 받는다는 것은 내가 상대방에게 좌우되기 때문에 받는 것
이다.
상대방의 말과 행동에
자존심이 상하고, 무시당하는 것 같고, 인정받지 못하는 것 같아
서 속상하고, 그 마음이 오래 가는 것이 상처로 남는다.

우리는 TV 프로그램에 가끔 나오는 흉악범 중에서 어린 시절의

불우한 환경,

특히 부모로부터 제대로 된 사랑과 관심을 가지지 못한 것에서 그 탄생 원인을 찾는 경우를 종종 본다.

사랑과 관심을 받지 못하여 반사회적, 폭력적이고 과격하게 된다는 것이다.

그러므로 상처받지 않으려면 남에게 과도하게 의존하거나 기대하는 것을 삼가야 한다.

남의 평가에 좌우되지 말아야 한다.

그러기 위해서는 스스로에 대한 자존감을 높여야 한다. 자존감을 높이려면 자기 나름의 기준이 있어야 하고, 또 스스로가 그 기준을 충족하도록 하여야 한다. 그 충족 횟수가 누적되고 충족감이 지속되면서 스스로의 내공을 높이고 나를 여유롭고 관대하게 만든다.

몸속이 따뜻한 자는 추위에도 잘 견딘다. 추운 겨울에도 더 가벼운 옷을 입을 수 있다. 털이 두껍고, 피하 지방층이 두꺼운 북극곰은 북극의 차가운 얼음물도 잘 견딘다. 속에서 더운 열기가 솟구치는 것이 외부의 추위를 막아 주는 것이다.

그러므로 상처받는 자들이여, 자신의 체온을 높여라! 그 체온으로 남을 녹여 주어라!

005.
지혜란 에너지와 감정을 효율적으로
배분하는 능력이다

힘을 쓸 때 쓰고

뺄 때 빼고

필요할 때 필요한 만큼 쓰고

안 쓸 때는 쉬는

그것이 바로

지혜이고, 현명함이다.

남 탓하지도 말고

내 탓하지도 말고

에너지를 모았다가

필요할 때 적당하게 써 주는

그것이 지혜이고

현명함이다.

이러한 에너지에다가 감정마저 적절하게 조절하고 분출할 수 있다면 참으로 현명하다고 하겠다.

우리는 훌륭한 성취를 했던 사람들이 순간의 감정을 제어하지 못하거나
여러 가지 원인으로 우울증에 빠져 불행한 선택을 하는 경우를 종종 본다.

과도한 감정의 쏠림을 늘 경계하여야 한다.

006.
세모(歲暮)에 부치는 단상-시간의 의미

세월이 빨리 흘러간다.
벌써 2019년의 끝자락에 섰다.
2018년의 끝이 엊그제 같은데, 벌써 1년이 지났다.

나이가 들수록 세월이 빨리 지나간다고 한다.
새로운 경험들이 별로 없어 시큰둥한 시간들에 세월이 짧게 느껴지는 것이라 한다.

예전에는 하루살이가 하루만 산다고 하여 측은하게 생각하기도 하였다. 너무 짧은 생이 나름 무슨 의미 있는 것을 추구할 시간이나 될 수 있을지 싶어서….

근데 요새 다시 생각해 보면
하루살이가 하루를 살며 느끼는 것이나
인간이 80~90세를 살며 느끼는 것이나

별 다를 바 없다는 생각이 든다.

은연중에 마치 이 우주의 주인이 인간인 양 잘못 생각하였던 것 같다.

그 나름의 몸에 맞는 시간의 길이와 마디가 있는 것 같다.

요새 느끼는 1년을 열 번 더해도

어린 시절 국민학교 때의 겨울방학의 길이 정도밖에는 안 되는 느낌이다.

얼음이 꽁꽁 언 강에서 동생이랑 친구들과 보낸 시간이 길었고 6학년 때 무섭다고 소문난 선생님을 만나서 보낸 1년이 더 길었던 것 같다.

그때 운동장에서 반 배정 통보를 받을 때의 기억은 지금도 생생하다.

무서운 선생님 밑에서 어떻게 1년이라는 긴 시간을 어찌 보내나 싶은 생각에 괴로웠다.

시간을 길게 보내는 길은 새로운 경험을 많이 하는 것이라고 한다.

시큰둥해하는 뇌를 그대로 둘 것이 아니라 새롭고 신기한 세상으로 이끌어야 한다.

여행도 주기적으로 다니고 영화도 보고 친구들도 만나고 새로운 사람 만나는 것도 주저하지 말고 모임에 나가고…

도(道)의 길은 안정된 것을 추구하는 길이고, 모든 변화무쌍한 것을 꿰뚫어 본질적인 것을 체득하는 그런 것인 줄 알고 그게 더 고차원적이라는 생각도 했는데, 젊게 길게 사는 길은 그것만은 아닌 것 같다.

좀 흔들리고 넘어지더라도 보다 많이 느끼고 참여하고 즐기는 것이 더 알차게 사는 것이 아닌가 하는 생각이다.

2019년의 끝에서 그와 다른 2020년이 될 것을 다짐해 본다.

산책하는 변호사의
세상 탐색기

007.
돈 버는 데 너무 시간 쓰지 마라

우리는 왜 돈을 버는가요?

남들이 버니까 법니다.

먹고살아야 하니 법니다.

그럼 먹고살 만한 사람들은 왜 버나요?

노후 대책에 자식 집 사주고

나아가서는 손자 집까지 마련해 주기 위해서 법니다.

그런 것까지 다 마친 사람들은 왜 버나요?

나라 경제에 사업보국을 위하여 법니다.

끝도 없이 계속 벌다가 죽기 직전까지 법니다.

미래에 너무 불안해하지 마세요.

좀 적게 먹고 좀 힘들면 어떤가요?

여유를 가지고 자신을 돌아보고 오늘을 리딩해 가는 게 더 알차지 않은가요?

필요한 만큼 벌고 여유가 되면 조금 더 벌어서 도와주고
나머지 시간은 자신과 이웃을 위해 쓰는 게 좋지 않을까 합니다.

돈 번다고 너무 시간 낭비하지 맙시다!

산책하는 변호사의
세상 탐색기

008.
자기 자신으로 향하는 길

삶이란 무엇일까?
누구는 삶이란 "무거운 짐을 지고 먼 길을 가는 것과 같다."라고 하고
누구는 삶이란 "자기 자신으로 향하는 길."이라고 한다.

전자가 고통과 숙명, 인내, 알 수 없음에 대한 표현이라면
후자는 삶에 대한 반추, 자의식 등을 부각한 표현이라는 생각이다.

삶이란 것은 마라톤이다.
금방 끝나지 않는다.
좋은 일도 금방 지나가고, 나쁜 일도 금방 지나가지만
삶은 계속된다.

져야 하는 짐도 가볍지 않다.
왜 지는지도 모르고 지는 사람들이 많다.
아프리카 초원의 어린 새끼를 둔 어미 치타처럼

인간에게는 처음부터 져야 하는 짐이 있는 것이다.

갈 길을 모르면 짐은 더욱 무겁다.
언제 짐을 벗어야 하는지 모른다면 더욱 갑갑하다.

산책하는 변호사의
세상 탐색기

그러나 무엇인가는 질 수밖에 없는 것이 삶이라면
그것이 과연
내가 져야 하는 짐인지
언제까지 져야 하는 짐인지
잘 살펴볼 일이다.

어쩌면 삶은 꼭 짐을 지고 가야 하는 길이 아니라
짐을 지면서
자신을 발견하여 가는,
자신을 찾아가는 길이 아닐까 한다.

그리하여 짐이 있든, 없든
홀가분하게
뛸 듯이 가볍게
나비처럼 폴폴
자기 길을 가는 것이 아닌가 한다.

009.
마음만 급하다고 되는 것이 아니다

아침에 승용차로 출근을 하면서
교차로에서 접촉사고가 나는 일을 종종 본다.
일주일에 두세 차례는 되는 것 같다.

사고가 자주 발생하는 지점이라는 것은 누구나 안다.
하지만 마음이 급하다.
피차 급하다.
그래서 급한 사람들끼리, 차들끼리 부딪힌다.

나는 평소에 대리운전을 자주 이용한다.
그런데, 이용해 보면, 빨리 한 건을 마치고 또 다른 콜을 받기 위하
여 신호 위반도 하고 중앙선 침범도 자주 하는 기사들이 종종 있다.

늘 느끼는 바지만 차마 하지 못하는 말이 있다.
"기사님! 그런다고 돈 버는 것 아닙니다. 운이 와야 합니다."

이런 말을 하고 싶으나 남의 사정을 모르고 하는 말이다 싶어 하지 못한다.

내가 그 사정을 어찌 다 헤아리겠나.

'사법 농단'으로 사법부의 전 수장에 대하여 구속 영장이 청구되었다(현재는 구속되었다가 보석으로 석방된 상태이다).

상고법원 등 무리하게 일을 추진하다가 여러 불법적인 일을 저질렀다는 의혹을 받고 있다.

상고법원 추진의 필요성은 공감하는 자도 상당히 있었을 것이다.

그런데, 너무 급하게 서두르다가 화를 부른 것은 아닌지…

뭐든 억지로 해서 되는 것은 없다.

인연이 되고

공감을 얻고

때를 얻어야 성사가 된다.

인간의 길은 노력하고 애쓰는 데 있다.

올바른 노력.

그리고는 기다릴 줄 알아야 한다.

인내라는 것! 인생에 있어서 가장 소중한 미덕이다.

010.
떠나온 것과의 대화-우리는 왜
여행에 환호하는가?

여행은 대화이다.

떠나온 곳과 현재지(現在地)와의 대화.

그리고 떠나온 사람들과 나의 대화.

떠나올수록 있던 곳의 의미가 새삼스레 부각된다.

저 하늘의 뭉게구름을 보며

떠나온 곳과 그곳의 사람들을 생각하게 된다.

마치 환상과도 같고

아련하여 마치 꿈을 꾸었던 것 같기도 하지만

나에게 의미 있었던 사람들과 익숙한 곳의 의미와 친근함에 대하여

생각하게 된다.

그리하여 여행은 이중생활이며, 현재와 과거를 동시에 살아가는 것이기도 하다.

그래서 여행은 풍부하며, 알차다.

생각이 없는 자도 사색가로 바뀌게 되고, 모두를 철학자로 만든다.

011.
삶에도 게릴라 전술이 필요하다

인생은 에너지다.

인간은 동물이다. 또 동물이건, 식물이건 간에

모든 생명체는 에너지를 소비하고 산다.

에너지가 없으면 모든 생명체는 종말을 고한다.

게릴라전이라는 것이 있다.

전력이 약한 집단이 강한 집단을 순간적으로 격파하는 전술 중의 하나이다.

어떻게 전력이 약한 쪽이 강한 쪽을 이길 수가 있을까?

그것은 바로 에너지 집중에 의한 방법론이다.

전체적으로는 전력이 약하더라도 상대방의 약한 부분이나 시점을 택하여 비교 우위의 방법에 의하여 공격하게 되는 경우 일시적으로 우위에 서게 되는데, 이를 이용하여 상대적으로 약한 적을 무찌르는 것이다.

우리의 하루도 에너지 보충과 사용, 충전 등으로 변환을 거친다.

에너지를 아침에 효율적으로 강하게 사용할 수 있는 사람, 즉 아침형 인간이 있고 또 저녁에 그럴 수 있는 저녁형 인간이 있다.

이렇듯 사람의 몸도 에너지를 효율적이고 집중적으로 사용할 수 있는 시간이 저마다 다른데, 일도 마찬가지다.

많은 에너지와 집중력을 쏟아야만 하는 일이 있고, 별다른 에너지를 필요로 하지 않는 일도 있다.

이렇게 일에 따라 적절하게 한정된 하루의 에너지를 사용하는 방법을 체득하는 것!

이것이 일에서의 하나의 성공의 비결이 아닐까 한다.

성공 여부를 떠나서

쓸데없는 일에, 즉 별다른 에너지를 쓸 필요가 없는 일에

과도한 에너지를 사용하게 되면

소위 '진'이 빠지게 된다.

진이 빠지게 되면 다른 일에 힘을 쏟을 수가 없으며, 쉬거나 기분
전환 등 충전을 하여야 한다.

지식인의 지식 등을 이용하는 경우에는 그가 취득한 전문지식과
그 에너지를 내가 사용하는 것이 아닌가 한다.

에너지를 많이 소모한 표가 나는 것이 있는데, 물론 다른 요인도
있을 수 있겠으나, 머리가 나이에 비해 많이 희게 되는 것도 과다한
에너지를 소모한 결과가 아닐까 의심해 본다.

매사에 적절하게
에너지를 분산, 관리
사용하는 것이
 인생 롱런의 비결
이 아닐까.

산책하는 변호사의
세상 탐색기

012.
결혼 제도 종말기

한 번 결혼했다고 평생을 종사하는 것은 어디에 근거가 있을까?

그 제도가 힘이 들고
인간의 존엄성을 침해하고
행동의 자유에 반하며, 행복추구권에도 반한다는 생각이다.

그러므로 서서히 제도가 인기를 잃고
시들어 간다.

살기 힘들어서 결혼을 안 하는 것이 아니라
결혼이 사람을 너무 옥죄므로
안 한다.

너무나 오래 물고 늘어지므로
기피한다.

나는 제도의 대상이 아니라

나는 나다.

내 한 몸 유지하고 지키기도 쉽지 않은 세상에서

남까지 책임지는 것은 더욱 쉽지 않다.

제도가 호혜와 선의를 조장하지 못하고

권리·의무로 화한다.

그러므로 더욱 시들어 간다.

산책하는 변호사의
세상 탐색기

013.
무죄와 법정 구속 사이

법정 구속이 난무하는 시대이다.

예전에는 중대 범죄의 경우,

재판을 받기 전 수사 단계에서 구속되어서 재판을 받는 경우가 상당히 많이 있었는데

불구속 수사 원칙이 생기다 보니

판결을 선고할 때 범죄가 인정되는 경우에 판사가 구속 영장을 발부하는 경우가 많아졌다.

그런데, 사실인정에 다툼이 있는 사안(피고인이 범죄 사실을 부인하는 사안)이라 당사자는 무죄를 주장하는데,

법원에서 유죄를 인정하고

양형도 실형에 법정 구속 영장까지 발부하면 참으로 난감하다.

무죄를 주장하는데

그에 상응하는 듯하게 보이는 그럴듯한 증거도 있는데
바로 감옥행이라니….
자신의 주장이 받아들여지지 못한 것에 대한 패배감, 무력감,
재판부에 대한 원망 등
피고인과 변호인은 황망하고 망연자실하게 된다.

1심과 2심의 판단이 엇갈릴 때는 더욱더 그러하다.
같은 판사인데
경력이 조금 차이 날 뿐인데
보는 시각이 그리 다를 수가 있나 하고….

그런데
이렇게 판사들에 따라서 결론에 무지막지한 차이가 난다면
이는 반대로 어느 쪽으로든 확신을 가지기 어려운 사안이 아닐까
싶다.

애매한 점이 있는 사건인데,
어느 한쪽으로 결론을 내고는
바로 극단적인 양형을 한다면 조금 곤란하지 않을까 생각해 본다.

이렇게 보는 판사들의 시각에 따라서 차이가 난다면
'의심스러울 때는 피고인의 이익으로'라는
형사소송법의 대명제에 따라
오히려 무죄를 선고함이 옳지 않을까?

이런 경우는 합리적 의심에 침묵을 명할 정도의 증명,
소위 엄격한 증명이 안 된 경우라고 보아야 하는 것은 아닐지…

그리고 그리 애매하다는 점(보는 판사에 따라 차이가 나는 점)이 양형
에도 반영되어야 하는 것은 아닌지…

만일 사실이 아닌데 억울하게 옥살이를 한다면
그리고 나중에라도 진실이 밝혀지고 하는, 진범이 잡히고 하는 그
런 사안이 아니라면 그런 일을 당한 피고인은 얼마나 억울할까.
새삼 판사 직무의 엄중함을 떠올려 본다.

지혜롭고 경험 있는 사람들이
판사가 될 수 있는
제도들을 만들어 가야 하는데
우리는 어떠한가?

문득 내가 무죄 변론한 피고인들의 얼굴이 떠오른다.

산책하는 변호사의
세상 탐색기

014.
모든 신체가 성감대?

예전에는 '성추행' 하면
성기나 가슴 등이 주요 추행의 대상이었다.

근데
세상이 변했다.
요새는 어깨, 허리 등 범위도 아주 넓어졌다.

그럼
손은 어떤가?

손도 의도와 만지는 방식에 따라서 추행이 될 수도 있는 시대이다.
악수하는 것과
성적인 의도를 가지고 쓰다듬는 것의 차이!
있을 수 있겠다.
주의해야 한다.

※ 최근에 손은 성적 수치심의 대상이 아니라는 판례가 나온 것이 있기는 하다.

015.
심심 타파-인생 최대의 주제

인생의 최대의 주제는 무엇인가?
먹고사는 것이다.

그럼 두 번째는 무엇인가?
잘 먹고 잘 사는 것이다.

그럼 세 번째 주제는 무엇인가?
심심함을 이기는 것이다.

산책하는 변호사의
세상 탐색기

부연하면

먹고사는 것이야 뻔한 것이고

잘 먹고 잘 살려고 직업이 분화하고 좋은 집들도 생긴 것이다.

그런 다음에는?

그런 다음에는 동물들은 자거나 쉰다.

아프리카 초원의 사자는 배를 채우고 나면 누워서 졸거나 쉰다.

그러나 인간은

기억력이 너무 오래 가

같음을 참지 못하고

심심함을 견디지 못한다.

행사가 필요하고

이벤트가 필요하다.

그래서 뭔가 있어 보이고

뭔가 의미 있는 것 같고

뭔가 하는 것 같음을

느끼려다 보니

문화가 있고

정치가 생긴다.

이런 게 생기다 보니
그것이 전부인 줄 안다.

그런데 본디 이러한 것들은
심심함을 이기기 위해 생긴 것,
별로 큰 의미는 없다.
지날 때는 몰라도
지나 보면 알게 된다.

너무 몰두하지 말고
너무 잘난 체 마라.
심심 타파일 뿐이다.

산책하는 변호사의
세상 탐색기

016.
외로이 먼저 그리고
함께 가는 자들을 위한 조사(弔辭)

외로이 자력으로 먼저 가는 이들이 있다.

그리고

그것도 가족 구성원끼리 조용히 뜻을 모아 먼저 가는 이들이 있다.

먼저 가는 이유는 다양하겠으나

생활고에

먹고사는 것 자체의 무게를 견디지 못하고

무너져 내리는

조용히 사라지는 자들의 소식은

너무나 우리를 슬프게 한다.

21세기 첨단 시대에

잉여 생산물이 넘쳐 나는 시대에

내 한 몸 누울 곳 찾기가 쉽지 않고

내 한 끼 마련하기도 여의치 않고….

그런 사람들도
주위에 있는 것이다.

그런 아픔을
속으로만 삭이며
조용히 사는 자들이 있는 것이다.

무엇보다 가슴 아픈 것은
외로이
조용히
같이
가면서

공과금
월세
마지막 납부할 돈은 조용히 테이블 위에
놓아두었다는 것….

그 보드라운 마음으로
어찌 세상을 살았을까!
견디어 내었을까!

그들의 힘듦

아픔

어찌 몰랐을까!

세상은 함께 사는 세상이었지만

함께하지 못하였다.

아득한 태평양

망망대해의 고독한 섬처럼

같이 살지만

그들은

섬이었다.

다만

삼가

굶주림과

전기세 걱정 없는

삶을 모두가 누리기를…

산책하는 변호사의
세상 탐색기

017.
인간 종자론?

개는 종자가 있지요.

똥개도 있고 진돗개도 있고 풍산개도 있고 도사견도 있지요.

그럼, 사람은 어떤가요?

동물에게만 종자가 있다고 생각하는 건

너무 인간 중심적인 생각 아닐까요?

여러 가지 사건과 일들을 겪으면서

'참으로 다양한 사람들이 존재하는구나.' 하는 생각이 들 때가 많습니다.

자신의 모든 것을 내어 주며 희생하는 자도 있고

자신만의 이익을 극도로 추구하며

남의 아픔과 눈물을 전혀 도외시하는 자도 있고.

과연 성장 환경과 교육 탓인가요?

참으로 알 수 없는 것이 인간입니다.

어떤 때는 이런 모든 종류의 인간들을

같은 인간이라는 카테고리로 묶는 것이 타당할까 하고

여겨질 때도 있습니다.

인간의 탈을 쓴 수많은 군상이 존재한다는 것을 느낍니다.

인간이라는 껍데기를 쓴.

018.
자존심이란 부끄러움을 아는 것이다

자존심이란 무엇인가?
글자 그대로는 자신을 존중하는 마음이라고 하겠다.

누구나 스스로를 존중한다.
세상의 무엇보다 소중하게 생각한다.
남들이 보기에 별 내세울 것 없이 보이는 사람도
자존심에 상처를 입는다.
아니, 그런 사람일수록 오히려 자존심이 강하다.
자존심밖에는 내세울 것이 없기 때문이다.

남들이 기분 나쁜 소리를 할 때
나를 무시할 때
보통 자존심이 상한다.

그러나 자존심은

기분 나빠서 상처받는 정서가 아니다.

부끄러움을 아는 것이다.

지나가는 개도 발로 차면 "깽!" 하면서 짖는다.

사람도 무시당하고 학대받으면 자존심이 상한다.

그럼 남들이 별말 안 하고, 존중해 주면

자존심이 사는 것인가?

요 며칠 사이 부동산 폭락론자들이 쓴 글을 읽었다.

약 20년 전부터 "집값 폭락한다.", "일본 따라간다.",

"집을 사면 망한다."라며 상승론자들을 비웃어 왔다.

그런 사람들의 말을 듣고 혹 그대로 따랐다면

과연 어떻게 되었을까.

그 말을 듣고 큰 손해를 본 사람들은 어떠할까.

남들이 자신에 대하여 욕을 하지 않고

탓하지 않아도

스스로 부끄러워할 줄 아는 것이
참된 자존심이다.

지나가는 행인이 발로 뻥~ 차면
"깨갱!" 하고 짖는 강아지의 반응이 아니라
자신의 잘못된 행동에 대하여
스스로 부끄러워할 줄 아는 것이
바로 진정한 자존심이다.

근데, 이러한 자신의 부끄러움을
감추고자
자신의 못난 모습을 숨기고자
오히려 남을 모함하고
시기하고 수렁으로 밀어 넣는 자들도
의외로 세상에 많다.

명예를 먹고 사는 직업인 중에
특히 많다.

부끄러움을 알아야 참된 인간이다.

산책하는 변호사의
세상 탐색기

019.
정치는 정치인을 위한 것이다

세상에는 여러 가지 대표적인 거짓말이 있다.
그중 하나가
정치인이 "국민을 위해서 정치를 한다."라는 것이다.

과연 국민을 위해서 정치를 한다면
집착하고 매달릴 이유가 없다.

정치는 정치인 자신을 위해서 한다.
내가 좋아서 하는 것이고
내가 내질러서 하는 것이다.
국민의 지지라는 것을 소재로 하여.

그러므로 국민을 위하여 뭘 한다고 이야기하지 마라!
너절하다.
다만, 내가 당신들을 한번 잘 대변해 보고 싶다고 말하라.

020.
되는 사람이 있고
안 되는 사람이 있다

흔히들 노력하면 된다고 한다.

그러나
노력한다고 다 된다곤
아무도 생각하지 않는다.

그래서 그것은 하나의 거짓말이고
희망 사항이다.

천재는 99%의 노력과 1%의
영감으로 이루어진다지만
노력의 중요성을 강조한 말일뿐
노력하면 다 된다곤 말하지 않는다.

노력 없이는 안 된다.

그러나 노력한다고 해서 다 되는 것도 아니다.

1%의 영감, 아니 소질이 99%의 노력의

질과 방향과 강도를 결정한다.

다만 노력은 소질을 발견하고

자신을 발견하는 길이다.

자연계에는 늘 강자와 약자가 존재한다.

그것은 비록 슬픈 일이기는 하지만

옳은 일도 아니고 부당한 일도 아니다.

물이 흐르는 것과 같은 것이다.

다만, 자신의 숨겨진 소질을 계발하도록 노력할 뿐이다.

산책하는 변호사의
세상 탐색기

021.
명절 민족 대이동을 보고

TV〈동물의 왕국〉 프로그램에서
동물들이 먹이를 구하기 위해
큰 무리를 지어서 이동하는 모습을 본다.
이해된다.

그런데 바다의 물고기들은 간혹
떼로
물 밖으로 나와 폐사하거나
이동하거나
인간으로서는 이해하지 못할
단체행동을 하기도 한다.

설, 추석을 맞아
늘 하는
민족 대이동….

아프리카 초원의 동물이나

물고기들의 눈에는 어떻게 보일까?

아님, 외계인들은 이해가 될까?

022.
인간은 존엄한가?

인간은 존엄한가?

그 존엄성은 어디서 오는가?

짐승은 존엄하지 않은가?

주인 찾아 수백 리를 오는 진돗개는 또 어떠한가?

인간은 지능이 있어 존엄한가?

그럼 지능이 낮으면 어떤가?

인간은 스스로를 의식하고

또 감정 이입 능력이 있다.

그런데, 코끼리 무리도

이동 중에 죽은 코끼리 유골을 보고

애도하는 장면을 TV 프로그램에서 본 적이 있다.

자기와 같지만 다른 존재를 인식하고
그의 슬픔을 함께 느끼는 것 같다.

사자 어미가 장애를 갖고 태어나
제대로 걸을 수도 없는
새끼를 입으로 물고 다니다가
종래는 어쩔 수 없이 버리고 가는
장면을 TV에서 보았다.
새끼는 애처롭게 울지만
어미는 한 번 뒤돌아보고는
그냥 간다.

자식을 버리고 가는 어미였지만
짐승 같다는 얘기는 할 수 없다.
입으로 물고 다니며
정상적으로 크기를 갈망하였기에….

순간 동물이지만 위대하고
모정이 위대하다는 생각이 스친다.

인간은 어떠한가?

모든 인간은 존엄한가?

잘났든, 못났든

지능과 형편이

뛰어나든, 그렇지 않든

우리는

인간다운 대우를 못 받는

사람들이나 그런 경우를 보면

측은지심을 느낀다.

그 아픔에 동참하고 느끼면서

그 인간이 천대받아서는 아니 됨을

즉, 존엄함을 느끼는 것이다.

모든 인간이 본디 존엄한 것은 아니다.

그러나 나는 존엄하다!

그러므로 모든 인간은 존엄한 것이다!

동물들도 존엄하다.

자신을 느끼고

동료들의 마음을 헤아리므로.

그리고 무엇보다 내가 그 동물들의 마음을

헤아리므로.

산책하는 변호사의
세상 탐색기

023.
몸을 지배하는 권리가 있나?

예전에는 부부지간에 강간죄의 성립을 부정하였다.

그러다가 요새는 이를 인정하는 추세이다.

부부라도 상대방의 몸과 인격에 대한 직접적인 권리를 인정하지 않는 것이다.

한편, 제3자가 부부 공동체를 침범하면

즉, 제3자가 배우자의 일방과 부정행위를 하면 불법행위다.

배우자와 공동 불법행위자가 되는 것이다.

그런데,

이러한 논리는 인간의 인격과 존엄성, 독립성을 무시하는 것이 아닐지?

인간은 행동의 자유가 있고

어디든 움직이고 갈 수 있고, 사람도 만날 수 있다.

폭행, 협박에 의하여 만남이 강제되지 않는 이상

인간의 만남은

자유의사에 따라서 만나는 것이고

서로 호감을 느끼는 것도 자연스러운 현상이다.

사람이 배우자가 있는 자를 만난다고 하여 불법행위가 될 수는 없다.

　사람은 배타적 소유물이 아니며

　어느 누구에게 귀속되는 존재도 아니다.

혼인 관계라도 당사자의 전 인격과 몸을 지배할 수는 없다.

일부분을 상호 애정과 호혜의 이념으로 함께할 뿐

배우자는 나의 것이 아니다.

모름지기 사랑하는 사이에서 스스로 아끼고

조심스레 행동할 뿐이다.

그런 독자적이고 고귀한 존재의 판단과 행동에 대하여

부정행위의 공범이라, 불법행위라고 하는 것은

사람을 물건으로, 나의 소유물로 보는 것과

다름이 없지 않을까 싶다.

024.
남자는 더러운 밥을 먹지 않는다

밥은 소중하다.
밥이 없으면 힘을 쓸 수 없다.

그러나 밥에는 더러운 밥과 깨끗한 밥이 있다!
더러운 밥은 상대방이 기분에 따라서 주는 밥이다.

밥은 소중하므로 일정해야 한다.
그런데, 기분에 따라서 준다면 이는 더러운 것이다.

더러운 밥을 먹지 않으려면
실력을 갖추거나
밥을 할 줄 알아야 한다.

그러나 나태하고 자존심 없는 자들은
마음의 소리에 눈을 감고
주는 밥을 꾸역꾸역 먹는다.

025.
고급 개는 짖지 않는다

똥개는
많이 짖는다.
스스로 두려워서 짖는다.
그러다 진짜 무서울 때는 짖지도 못하고 낑낑대며 꼬리를 만다.

똥개는
마을로 나갔다가 돌에라도 맞으면
주인집 앞에 와서
더욱 크게 짖는다.

그러나 사나운 개는 짖지 않는다.
고급 개는 짖지 않는다.
힘을 낭비하지 않으며, 두려움도 없다.
조용히 있다가 물어서 조진다.

026.
남녀관계는 본질적으로 야하다

세상에 인간이라는 존재는 없다.
현실적으로는 남자와 여자가 있을 뿐이다.

남자는 종종 여자 자체를
하나의 대상으로 인식하기에
남녀관계는 특이하다.

여자도 마찬가지일 수 있으나,
집이나 물건들처럼 욕망의 대상이 사람 밖의 재화가 아니라
사람 자체를 욕망의 대상으로
느낀다는 것이
무모하고 위험하고
야한 것이다.

독립적이고 주체적인 존엄한 존재인데

일면 하나의 대상이 된다는 점에

남녀관계의 폭발성이 있는 것이다.

어려운 관계이다.

027.
정치는 세상의 중심이 아니다

정치는 세상의 중심이 아니다.
세상의 중심은 나다.
나 자신이다.

예전에 대학교에 다닐 때
"정치가 역사의 중심이다."라는 글을
어딘가에서 읽었다.

그럴듯한 이야기다.
늘 TV 뉴스에 정치 소식이 나오고
메인 뉴스로 나오고
공동체의 방향과 운명에 관한
얘깃거리가 많은지라
중심처럼 느껴진다.

그래서 그 중심에 다가가려 애쓰고
멀어지면 소외감을 느끼고
자신의 존재감을 상실하기도 한다.

역사책에 나오고
기원전에서부터 삼국시대도
아니, 오스트랄로피테쿠스부터도 나오니
그럴 만도 하다.

그러나 극단적으로 말하면 언젠가 지구는 망한다.
태양이 식으면 생명체도 소멸한다.
지구가 망하면 역사는 없다.
아무런 의미가 없고
정치도 의미가 없다.
뒤가 없으면 앞이 아무런 의미가 없는 것이다.

나에게 의미가 있는 것은
나 자신이며
자신의 욕망과 실현이다.

그러므로 내가 무엇을 원하고
참으로 기뻐하는지 잘 살펴볼 일이다.

역사의 중심, 아니, 세상의 중심은 바로
나이니
아무것에도 얽매이지 말고
자기 자신을 줄기차게 실현해 나갈 일이다.

028.
남 욕하느라 진 빼지 마라

길을 간다.
내 길을 간다.

그런데 길가의 강아지가
뭐라 하며 알 수 없는 소리로 짖는다.
왜 짖는지는
잘 모르겠다.

그냥 가려는데 계속 따라오며
짖는다.

화가 나서 왜 짖느냐고
나도 따지다가
나도 짖는다.

근데 해가 저문다.

나의 길을 가야 하는데

계속 짖게 된다.

산책하는 변호사의
세상 탐색기

029.
우리는 왜 여행에 환호하는가?

요즘 여행이 유행이다.

많은 국민이 여행을 다녀오고, 또 대학생들도 아르바이트한 돈을 모아서라도 멀리 유럽으로 여행을 떠난다.

여행의 백미는 무엇보다도 해외여행이다.

국내여행도 좋으나, 떠나온 곳과 별반 차이가 없는 풍광, 풍물이기 때문이다.

여행을 집이나 직장 떠나오기와 여행지 들어가기의 두 측면으로 나눈다면 해외여행은 후자 측면에서 단연 압권이다.

해외여행을 하며 새로 들어가는 곳은 내가 그간 지내던 곳과는 다르다.

나는 그곳에 있지만, 그곳 사람은 아니다.

나는 구경꾼이지만, 그쪽 생활의 맛도 본다.

그간 익숙했던 것을 모두 버리고

익숙하게 되는 데 필요한 시간들도 내팽개치고

　나의 뇌는 새로운 곳에 부딪혀 더 활기차고 젊어진다.

　그곳의 집들과 사람들의 모습을 느끼고 음식을 먹으며 나는 새로운 곳에서 태어난 아이처럼 사물들을 새로이 경험한다.

　즉, 나는 새롭게 태어나는 것이다.

　그러면서도 나는 기본적으로 구경꾼이다.

　구경꾼은 마음이 편하다.

　이것이 나에게 위로가 된다.

　그곳 사람들이 느끼는 고충을 나는 부담하지 않아도 된다.

　나는 내일이라도 여행지를 떠나도 되고, 그래도 아무도 잡지 않는다.

　그래서 여행은 하나의 간보기이다.

　안전한 간보기…

　허용된 이중생활이랄까!

　그래서 우리는 여행에 환호한다.

　여행은 우리의 뇌를 젊어지게 한다.

　자주 즐거운 이중생활에 나서 보자.

030.
정치인의 변심

정치에 있어서 변심은 필수인가?

하지만 아무런 반성도, 해명도 없는 노선 변경은 당황스럽다.

최근엔 예비 타당성 조사 면제 논란이 뜨겁다.

지방 경제 활성화를 위하여 대규모 지방 사업에 대해서는 예비 타당성 조사를 면제한다는 것이다.

그토록 비난했던 4대강 사업을 연상하게 한다.

타당성 조사를 면제한 채 타당성이 없는 일에 국가의 돈을 투입하는 것은 부당하며, 배임 행위에 가깝다.

경기 부양이나 지방 경제 활성화를 위하여 조사를 면제한다는 취지는

이해가 가지만, 그토록 비난하던 일을 아무런 반성이나 해명이 없이 감행한다는 일은 우스운 일이다. 정치인의 구호는 표를 얻기 위한 한낱 방책일 뿐이라는 생각이 절로 든다.

서울 시장도

어의도를 통째로 개발하겠다거나 용산 개발 등으로

정부 부동산 정책과 핀트와 타이밍이 맞지 않는 정책을 발표하다가

제동이 걸렸다.

그는 전임 시장의 한강 르네상스 프로젝트를 비난했었다.

뒷굽이 해진 구두를 신고 다니다 언론에 촬영 당하기도 했다.

대규모 프로젝트나 개발보다는 기존의 것을 수선하여 보존하던 것에,

먹고사는 것에, 나눠 먹는 것에 더 신경을 쓰던 사람이다.

그런데, 이제는 전에 비난하던 대규모 토건 사업을 주저 없이 발표한다.

정치인은 업적이 필요하다.

가시적인 업적이.

중국의 진시황도 만리장성 축소, 대운하 건실을 이룩했다.

모두가 그렇다.

정치인의 외형적인 업적 추구는 필수적인 면이 있다.

국익에 도움이 되는 측면도 있다.

그러나 그렇다고 하더라도

조용히 종전의 비난하던 정책을 따라가면 안 된다.

해명이나 반성이 있어야 한다.

우리나라는 관광 자원이 별로 없다.

따라서 싱가포르, 홍콩처럼 인위적인 개발이 필수다.

그중에 우리가 가진 자원 중 수도 서울에 있는 큰 강인 한강을 개발하는 것은 꼭 필요하고 바람직한 방향이다.

바람직한 것은 누가 하더라도 인정해 줄 수 있는 아량이 필요하다.

내가 꼭 해야 한다고 생각하니

남이 잘하는 것을 인정해 주기 어려운 것이다.

산책하는 변호사의
세상 탐색기

031.
나의 견해는 내가 아니다

나는 견해를 가진다.

그러나 나의 견해가 나 자신일 수는 없다.

견해는 바뀔 수도 있다.

그런데, 견해 중에서도

지식과 정보를 기반으로 하는 견해가 있고

인생관에 기반한 견해도 있다.

보수와 진보, 정치적인 신념 등 종류가 다양하다.

그런데, 지식과 정보를 기반으로 하는 견해는

바꾸기가 비교적 용이하나(근데, 그런 견해조차 바꾸기를 꺼리는 지식인

들이 꽤 된다),

인생관, 가치관, 정치적인 신념에 기반한 것은

바꾸기가 어렵다.

너무 자주 바꾸는 것도 문제이고
명백하고 뻔한 것을 우기는 것도 문제이다.
진지하게 생각하여 견해를 정립하고
잘못된 것은 신속히 수정할 줄도 알고
마음에 안 드는 남의 견해도
보기에 따라 그럴 수 있을 때는
귀 기울여 줄 줄 아는
마음이 필요하다.

나의 견해를 바꾸는 것은
나를 바꾸는 것이기도 하고
아니기도 하다.

나는 나의 견해를 바꾸는 자이고
나의 견해를 창조하는 자이며,
나의 견해보다도 더 고귀하고 존엄하다.
이것을 망각하여서는 아니 된다.

산책하는 변호사의
세상 탐색기

032.
감정 과잉의 사회

무엇 때문인지
감정 과잉의 사회가 되었다.

전에는 참는 것이 미덕이었는데
요새는
참지 않는다.

다들 원인을 찾고
내 잘못보다는
남의 잘못이 뭐 없나 하고
찾아보곤 한다.

조금이라도 남의 잘못이 있으면
원망의 화살을 바로 돌린다.

TV를 보면

연말에 연예인 시상식을 한다.

그때 수상 후보가 열연한 장면을 자주 보여 주는데 대부분 울부짖는 장면이 나온다.

'울부짖으면 열연하는 것이다!' 그런 공식이다.

어디서나 울부짖고

남을 원망하며

모든 원인이 남에게 있고

그 문제를 가지고 진격한다.

우리나라 영화를 보면

복수할 때 할리우드의 그것과 차이 나는 부분이 있다.

바로 말이 많다는 것이다.

상대를 죽이려고 하면서 말이 많다.

상대방에게 네 잘못이 크고 나쁜 놈임을 각인시켜 주려 애쓴다.

그런데 서양 영화는 좀 다른 것 같다.

실생활도 과연 다른지는 모르겠으나,

왜 죽이는지 별로 말이 없고

바로 죽인다.

우리는 감정 과잉의 나라이다.
참고 산 역사와 시간이 많아서인지
이제는 참지 않는다.

더 많이 울부짖고
화살을 남에게 돌린다.

좁은 동네
청와대로 바로 진격한다.

033.

현자(賢者)는 에너지와 시간, 감정을 효율적으로 배분하는 자이다

6개의 에너지가 필요한 일에 9개를 쓴다.
그러다 곧 다가올 2개의 에너지가 필요한 일에
남은 에너지가 1개밖에 없어
무산되거나 포기하여 버린다.

현명함이란
쉴 때 쉬고
힘쓸 때 힘쓰는 것이다.

무조건
열심히 하는 것이 아니다.
최선을 다하는 것도 아니다.
단지
필요한 정도로만 힘을 쓰는 것이다.

산책하는 변호사의
세상 탐색기

늘 긴장해 있고
최선을 다하여 힘을 소진하면
더 중요한 일에는
방전이 되어
쓸 힘이 없다.

그러므로
쉬어라~!
필요할 때 필요한 만큼 힘을 써라.
그리고
남은 에너지를 중요한 일에
쏟아부어라.

034.
사양하다 일을 그르치는 사람들이 많다

속된 말로
"빼다가 조진다."라고 한다.

늘 오늘과 같은 줄 안다.
세상이 변하는 줄 모른다.
늘 기회가 있는 줄 안다.

기회가 가고
그제야
달라고 한다.

그런데, 아뿔싸!
세상이 바뀌었네그려!

035.
병원 응급실에 와서

아버지 때문에
응급실에 왔다.

다들 핏기없는 안색으로
환자들의 건강을 걱정하는 모습이다.

환자 옆에 붙어 앉아
"물 드릴까요?"
"군밤 드릴까요?"
"빵 드릴까요?"
이리저리 애타 하는
음성들이 들린다.

자식으로
부모 된 인연으로

같이 누워있는

환자를 걱정한다.

자식을 잘 두면 좋겠다는 생각이 든다.

036.
가치 없는 인생이란

그것은
바로 남에게 폐만 되는 인생이다.

개도 집을 지키고
주인에게 위로도 되지만
가치 없는 인생은
늘 남에게
짐만 된다.
인생으로서
의미가 없다.

아닌가?

산책하는 변호사의
세상 탐색기

037.
아버지는 자식보다 위대하다!

폐렴에 걸려 대학병원 입원실에 누워 계신 아버지를 보며
생각을 하게 되었다.

오랜 세월, 50년이 넘게
자식을 위하여
노심초사하시고
아무 말 없이
불평을 잊으시고
좋아하시는 음식도 잊으시고
세월을 보내셨다.

입원 침상 옆 보조 침대에 누워
나는 오랜만에
기억할 수도 없는 오랜 세월을 거슬러 올라
아버지 옆에 누워서

조금이나마 도와드리고
같이 호흡할 수 있어서 감사하고 좋다.

그 오랜 시간을
세월을
나는 아버지처럼 행동할 수 있을까.

배움이 크지 않아도
돈이 많지 않아도
자연이 가르친 마음으로
자식을 사랑하는 일편단심으로
오랜 세월을 지켜 오셨다.
자식과 스스로를.

나도 이제 아버지가 된 지 적지 않은 시간이 지났지만
늘
부족함을 느낀다.
힘이 달리고 마음이 부족함을 느끼는데…

아버지는 자식보다 위대하다.
아버지는 모든 자식보다 위대하다!

038.

옆집 개가 짖는다고 해서
따라 짖으면 똥개다

두려워하는 자는 시끄럽다.
자신이 무슨 말을 하는지
무슨 일을 하고 있는지
모른다.

우리는 필요할 때만 짖는다.
옆집에서 아무리 짖어도 조용하다.
전쟁터에서 포탄이 오가도 조용하다.

필요할 때
조용히
한방에 적의 목을 문다.

039.
일본과 우리 주차장의 주차선에 대하여

일본에 가서 주차장의 주차 라인을 보면

중간에 공통 지대랄까, 빈 공간이 그어져 있다.

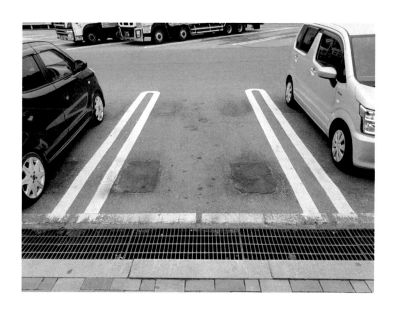

반면 우리나라는 대부분 선 하나만 그어져 있을 뿐
경계 부분의 공간이 없다.

아무래도 우리보다 땅덩이가 넓어서인가?
남하고 부딪히는 것을 싫어하는 것일까?

원인을 알기 어렵지만
우리 주차장은 빡빡하고 여유가 없다.
옹색하다.
그 때문에 일명 '문콕'도 많고
문콕 방지용 스펀지가
멋진 고급 신차 문짝에 붙어 나오는 것을 보면 우습다.

이제는 품격 있고
여유 있게 문물을 정비해야 할 때이다.

※ 이제는 주차장법이 개정되었다고 한다. 문콕 방지를 위하여.

040.
인생 100년이라 해도 긴 게 아니다

인생이 100년이라 해도 긴 게 아니다.
철없고 병든 시간 떼고
은퇴한 시간 떼고
밥 먹고 살려고 한 시간 떼면 남는 게 별로 없다.

의미 있게 살고
하고 싶은 것 다 하고
할 말 하고
도리를 다하면서 살 수 있는 시간들은
그리 많지 않다.

눈치 보며
말도 못 하고
찌그러져 사는 시간들은
의미가 없다.

누구를 위하여

무엇을 위하여 그리할 것인가?

041.
아비를 아비라 부르지 못하는 국회의원은
가치가 없다

밥 먹고 살려고 국회의원 하는 게 아니다.
봉급 받으려고 하는 게 아니다.

지역구민과 국민을 대변하는 것이다.
아비를 아비라 부르지 못하는 국회의원은
가치가 없다.

042.
우리는 화해하지 않는다

요새는 예전보다 사회 갈등이 더 격화되어 가는 느낌이다.
스마트폰이 대중화되다 보니 실시간으로 뉴스들이 올라오고
대중들의 반응도 즉각적이고 또 감정적이다.
예전처럼 지그시 신문사 사설을 읽어 보곤 하던 시절은 지났다.

누구든지 개인 방송, 통신 등이 가능한 SNS 만능의 시대이다.
남의 반응을 기다리기 전에 내가 먼저 말한다.
수많은 댓글에 욕설이 난무한다.

게다가 우리나라는 전직 대통령 2명이 구치소에 수감되어 있는 특
이한 나라다.
사회적으로 갈등을 조정하거나 서로 양보하는 모습은 찾아보기
어렵다.
죽기 살기로 다른 사람의 주장에 반대하고 내 주장만 옳다고 우
긴다.

잘못이 드러나도 사과하지 않는다.

잘못된 정책도 우기고 고치지 않는다.

개선과 타협을 모르는

비합리적이고 독선적인 사회의 모습이다.

그런 뉴스를 보는 우리는 피곤하다.

나름 정견과 정책에 대한 이해관계가 없겠느냐마는

정치가 온 세상의 중심이 된 듯한 모습이다.

물고 뜯고 적을 섬멸하고자 애쓴다.

"정치는 물 흐르듯이 조용히 해야 한다."라는 옛말이 있지만

요사이 정치는 온 사회를 들쑤셔 놓는다.

세월이 가도

정치가 나아진다는 생각이 별로 안 든다.

시끄럽기만 하다.

악다구니 소리가 힘들다.

옳은 일을 조용히 추구하는 인내와 끈기와 여유가 필요하다.

남을 탓할 필요는 없다.

사회 갈등은 수그러들 가망이 거의 없고

에스컬레이트되어 점점 격화된다.

예전 조선 시대에도 이와 같은 모습들이 있었지….

이런 생각이 든다.

우리의 습성인가.

남은 내가 고칠 수도 없다.

공존을 모색하여야 한다.

정권을 잡았다고 해서 모든 것을 바꾸어서는 아니 된다.

선거에서 이겼다고 국민이 그의 모든 정책을 지지한 것은 아니다.

상대 후보보다 낫다는 것이지

그를 모두 지지하는 것은 아니다.

오만과 방자를 넘어

겸손하게 정책을 펼칠 수 있는 섬김의 정신과

1인 권력의 전횡을 방지할 수 있는 제도가 시급하다.

043.
산책은 영혼으로 향하는 사색이다

길을 나선다.

아무 생각 없이
나는 길을 나선다.

그러나 어느샌가 흐르는 풍광 따라
내 머릿속은 과거와 현재를
큰일과 작은 일을
슬픈 일과 기쁜 일 사이를
해야 할 일과 즐거웠던 시간 사이를
휘젓고 지나간다.

그러나 산책은
시간에 머무르지 않는다.
집착하지도 않는다.

힘든 일도
발걸음과 함께 지나가고
기쁜 일로 다시 미소 짓는다.

지나가던 개도 반기고
달려가는 자동차도 싱그럽다.

나는 길을 걷는다.
내 마음도
내 생각도
내 영혼의 고즈넉한 길을 따라
함께 걸어간다.

길을 걸으며
나는
참된 평안과 평화를 느낀다.

044.
사람이 끈적거리면 안 된다

사람이 운신하는 데 힘이 들면 안 된다.
나아가고 물러남에 거침이 없어야 한다.

변호사 사무실에 오가는 사람이나 주위의 사람들을 보면
무엇을 하나 결정하는 데 아주 힘들어하고 시간도 오래 걸리는 사
람을 본다.

무엇이 그렇게 그를 힘들게 하고 행동하는 데 뒷덜미를 잡는가?
손익 비교가 안 되었던지
혹은 욕심이 지나쳐
어느 하나 포기가 안 되든지 싶다.

최대 손익에 대한 계산이 분명하고
자신의 선호 가치를 잘 알면 결정이 쉬울 것이다.

산책하는 변호사의
세상 탐색기

나아가고 물러남에 있어서 뒷덜미를 잡힌 개처럼 되어서는
아무것도 이룰 것이 없다.

몸의 살을 빼고
마음의 살을 빼면
몸이 쉽게 움직이고 빠르다.
그러면 훨씬 더 큰 대가가 그대를 기다릴 것 같다.

045.
아무도 반성하지 않는다?

형사재판 업무에 관여하면서 반성문이라는 것을 자주 보았다.

변호사로서 제출하도록 해 보기도 하고, 판사 시절에는 받아도 보았다.

그런데, 반성문을 써내는 사람들은 실제로 반성하는 것일까?

이런 의문이 드는 경우가 많다.

예전에 〈쇼생크 탈출〉이라는 영화를 본 적이 있다.

살인죄로 누명을 쓴 주인공 앤디 듀프레인이 자신이 죄를 저지르지 않았다고 이야기하자,

다들 자신들도 죄 없이 여기에 들어왔다고 하며 왁자지껄 웃었다.

과연 반성이라는 것이 있기는 할까?

산책하는 변호사의
세상 탐색기

법원의 양형 요소에서 '진지한 반성'은 유리한 요소이다.

그럼 진지한 반성은 무엇일까?

진지한 반성을 과연 구별해 낼 수 있을까?

변호사로 일하면서 거짓 눈물을 많이 보았다.

그래서인지 이제는 반성이라는 말에 별로 감흥이 없다.

법원에서도 눈물로 반성한다는 반성문에 별로 비중을 두지는 않는 것 같다.

진정한 반성이라는 것을 과연 찾을 수 있을까?

감동을 주는 반성을 만들고 또 찾기는 쉽지 않다.

반성한다는 것이 일상화되어 참된 반성을 찾기 어려운 것이 현실이다.

감방에서 반성문까지 대필하여 준다니….

요새 같아서는 반성문을 제출하면 반성하는 것으로 봐주어야 한다는 심정이다.

046.
따스한 햇볕이 내리쬐는 해변에 누우면

따스한 햇볕과
살랑거리는 바람만이
진리로 느껴진다.

여기에
무슨 싸움과 욕심이 있을 건가?
그저
햇살이 영원하기를 바랄 뿐이다.

산책하는 변호사의
세상 탐색기

047.
선비의 똥냄새는 장사치보다 독하다

선비의 똥냄새는 독하고 진하다.
장사꾼보다 독하다.

생각에 중독되어
이념에 찌들어
남을 내심으로 받아들이기 어렵다.

내가 제일 잘났다.
내가 제일 잘났다.
점잖지만, 독한 기운을 적에게 쏘아 보낸다.

그런데, 내가 별로 못났다고 인정하는 날부터
나의 자유가 시작된다.
해방되는 날이다.

세상에서 가장 무거운 짐이랄까.

"내가 제일 잘났어."

"내 일이 제일 의미 있어." 이런 것들이다.

이런 것들을 내려놓는 날

나는 자유롭다.

048.
정신이 온전할 때 후계자를 세워야 한다

세상에 미련 두지 마라!
재물에 미련 두지 마라!
대우에 미련 두지 마라!

정신이 온전할 때 자기 할 일을 다 해야 한다.

049.
인간이 동물보다 나은 점은?

사람이 짐승보다 나은 게 과연 무엇인가.

지능이 좋은 것인가?

맞다!

지능이 높아서

육체적으로는 약자 축에 속하지만

지구상의 최상위 포식자가 되었다.

그러나 그게 과연 인간을 인간답게 하는 것인가?

생각해 보면

모름지기 인간은 남의 사정을 헤아리고

입장을 이해하고

나를 대입해 볼 수 있는

역지사지하는 마음에

인간의 가치가 있는 것이 아닐까.

050.
공정함과 배려심이 인간의 수준을 결정한다

공정함과 배려심이 인간의 수준을 결정한다.
신분과 직업이 아니다.

우리는 역사적으로,
아니, 지금도 주위에서 많이 목도하고 있다.

산책하는 변호사의
세상 탐색기

051.
인생, 3대 장부를 넘어서야

모든 것은 장부에 올려서
관리해야 안심이 되는 것인가?

사람이 동물보다 나은 것 중 하나가
장부로 무언가를 관리한다는 점이 아닐까!

동물은 먹다 남은 것을 숨겨서 관리하고
사람은 장부에 올려서 관리한다.

내가 모은 재산
등기부에 올리고
내가 차지한 이성, 낳은 자식
호적 가족관계등록부에 올리고

내가 모은 돈
예금 통장에 올리고

쓰든, 안 쓰든 내 장부에 올리면
내 것이 된다.

과연 내 것이 되는 것일까?
장부란 인간이 만든 욕심의 보관처일 뿐.
내가 이용하는 범위 내에서만
나의 것일 뿐.

근데
이놈의 장부들이
세상 모든 사람을 얽어매어
꿀단지에 빠진 파리처럼

산책하는 변호사의
세상 탐색기

흐느적거리게 하다가
마침내는
소멸하게 한다.

조용히 몸을 가벼이 하고
옷을 가벼이 하여
어디든지 탐욕이라는 것들이
들러붙지 않게 하는 것이
진실로
편히 가지는 길이다.

052.
당선은 후보자의 지지일 뿐,
그의 모든 정책의 지지가 아니다

여러 가지 정책을 내세워
어려운 라이벌과의 싸움에서 이기면
자기가 내세운 정책을 국민이 지지하는 것으로 안다.

착각이다. 큰 착각이다.

경쟁자보다 낫다고 생각하는 거지,
그의 정책을 모두 지지하는 것은 아니다.
착각은 오만이고 패망에 이르게 하는 길이다.
그래서 모두 망하게 된다.

산책하는 변호사의
세상 탐색기

053.
관광 대국의 길

대한민국은 문화 대국이다.
그러나 볼거리는 많지 않다.

자부심을 가지는 것은 좋으나,
관광이라는 것은
열심히 들여다보는 것이 아니라
쓱 보면 보여야 하는 것이다.

주마간산으로 보아도
그럴듯해야 보러 오는 것이다.

그런데
수년간, 나아가 오랫동안
서울에는, 한국에는 관광 자원 개발이란 것이 없었다.
경복궁, 롯데월드타워 말고는…:

외국인은 무엇을 보러 한국에 오나?
초가삼간을 보러 오나?
석굴암을 보러 오나?
나름의 멋과 가치야 있겠으나
특별히 볼 만한 것이 없다.

콩 한 쪽이라도 나눠 먹고
초가삼간에도 멋이 있다는 마인드로는
관광 대국이 될 수가 없다.

거지 마인드로는
관광 대국이 될 수가 없다.

홍콩, 싱가포르를 배워야 한다.
중국을 배우고
동유럽을 배워야 한다.

한강 다리를
초라하게 비춰 주는 불빛들을 보며
슬픔을 느낀다.

산책하는 변호사의
세상 탐색기

아~!

우리는 먹고사는 것 이외에는

가진 것이 별로 없구나.

우리는 멈추어서, 발을 묶은 채로 달려왔구나.

관광 차원에서는 그렇다.

054.
감방이 존재하는 이유

그건 말로 해서는 안 되기 때문이다.

물론 말로 해도 되는 사람이 있고
일들도 있으나,
말로 해서는 안 되는
타협이 안 되거나
남의 말을 듣지 않는 사람들이 존재하기 때문이다.

그 사람들이 꼭 나쁘거나 좋다는 것은 아니다.
다만, 모두가 생각하고 책에서 배우는,
인간은 합리적이고 선하고
교류를 통한 변화의 가능성이 크다는
그런 논리들과는 배치되는 현상이 분명 존재하는 것이다.

애초에 동물이나, 사람이나 말로 다 되지는 않는다.
되는 일도 있고, 아닌 일도 있다.

힘에 의한 강제, 지배 없이는 돌아가지 않는 일들이
분명
사람에게나, 짐승에게나 존재하는 것이다.
그런데도 우리는 아닌 척한다.

그런데, 국제 정치의 돌아가는 모양을 보면
이제는 완전히 노골적이어서 동물의 세계를 완연히 연상하게 한다.
돈이든, 무기든 없이는 살기 어려운 시절이다.

055.
호의적인 바람과 햇살 그리고 법원 벤치

따스한 햇볕이 내리쬐고
바람마저 훈훈한 온기를 품고 살랑대는
어느 봄날.

어느 지방법원 지원의 점심시간.
벤치에 앉아서 날씨를 만끽한다.

모두가 다툼으로 으르렁거리고
죄와 벌을 논하러 오지만

오늘 햇살과 바람은
보라카이 해변의 그것처럼
애초의 아담과 이브의 낙원처럼
우리에게 자유를 느끼게 한다.

무엇을 위하여 싸우는가?

네가 얻을 것은 무엇인가?

이 햇살과 바람을 향유하는 것보다 더 귀한 것인가?

묻는다.

056.
스스로 변하지 않으면
세상이 나를 변하게 한다

노력을 하지 않아도 좋다.

그러나

언젠가는 노력을 하게 된다.

자신에게 필요한 무엇인가를 해야 할 때

그간 하지 않았던

노력을 하게 된다.

나는

이대로 그냥 살기를 바라지만

세상이

나를 그냥 두지 않는다.

내가 변하지 않아도
세상이
나를 변하게 한다.
나를 길들인다.

세상의 변화를 감지하고
움직일 때 움직이고
쉴 때 쉬는 자는
얼마나 편한가!
얼마나 지혜로운가!

057.
자유는 진리이고
평등은 이념이다

원래
우리는 모두 자유로운 존재이다.

누가
우리를, 나를
구속할 수 있단 말인가?

그런데
원래 모두 평등한 존재인가?
동물의 세계에
과연 평등이 존재하는지 물어본다.

자유는 사실이자 진리이고
평등은 이념이자 희망이다.

그러므로 현실은

늘

평등하지 않은 것이다.

평등은 존재하지 않으나 우리가 노력하여 추구하여야 할

한 가지 이념이다.

058.
투기와 투자는 본디 같은 것이다

참 지겨운 것이
투자와 투기를 구별하는 어법이다.
자장면과 불도장을 구별하는 것이나 마찬가지다.

위험성이 아주 크면 투기요, 보통이면 투자다.

근데
우리나라에선
제집 한 채 주거용으로 사는 것 말고는
다 투기라 한다.

편견이 득세하고 용인되는
이상한 나라이다.
합리적이지 못하다.

산책하는 변호사의
세상 탐색기

초과 이윤을 추구하는 것이
모든 자본의 속성인데
투기가 어디 있고 투자가 어디 있나?
적법하고 감당할 위험인지가 문제일 뿐.

헛된 통념을 양산하고 이용하는 인간들.
안타까운
생각이로세.
안타까운
중생이로세.
중생의 길은 멀고 고단하다.

059.
콩 한 쪽도 나누는 것을
나라의 정책으로 삼아서는 안 된다

콩 한 쪽도 나눠 먹는 사랑.
눈물겨운 광경이다.

그 콩도 없어지는 날에는
부둥켜안고
펑펑 울게 되면
혹 눈물로 배부르려나?

060.
실력에 의해서 돌아가는 국제사회

실력이라고 해서 업무 능력을 말함이 아니다.
물론 관련은 있으나,
무력, 경제력을 주로 가리킨다.
파생적으로는 여론 지배력도 가리킨다.

도널드 트럼프가 미국 대통령에 당선되고 나서
한 가지 좋은 점이 있다.
세상을 이해하기가 쉬워지고 보다 명쾌해졌다는 것!

예전에는 그 정책의 저의랄까, 배경이랄까 하는 것이
선뜻 와닿지 않을 때도 종종 있었는데
이제는 좀 더 이해하기가 쉽다.

노골적이고 단순하다.
동물의 세계를 보는 것처럼 논리가 쉽게 이해된다.

산책하는 변호사의
세상 탐색기

사람이 뭔가?

인간이 뭔가?

예의를 알고 도덕을 알아서

명분을 찾는 것이다.

근데

노골적으로 원하는 바를 추구하니

개인 도덕과 세계 국가 사이의 도덕이

너무 차이가 난다.

학교에서는 어떻게 가르칠까?

묘수풀이가 필요한 것 같다.

그러나 이득도 좋고

인기도 좋으나,

그래서 내 곳간에 곡식을 많이 저장해 두고

천년을 사는 것이 좋으나

인간을 인간답게 하는 것은

먹이 획득 및 보존 기술이 아니라

남도 생각하고

힘이 있어도 절제하고

나눠 먹는 것이 미덕일진대

지금 세상은 그렇지 않은 것 같다.

아프리카의 동물도 자신이 먹을 것만큼만 사냥하는데

인간은 그렇지가 않다.

061.
한국에서 폐지해야 하는 것들

● 의사, 시각장애인만 안마, 마사지 업체 운영 가능: 세상이 웃을 일이다. 보조
금 정책으로 해결할 수 있는 일이 아닌가 한다.

● 버스전용차로 승합차 주행: 이런 제도가 어떻게 생겼을까 신기하다. 명절이
나 주말에 시커먼 선팅을 한 채 한두 명 타고서는 고속도로 버스전용차로로
주행하는 승합차를 너무 많이 목도한다.

● 자녀 우선 고용: 음서제이다. 욕하다가 배운다. 어떻게 이런 발상이 가능한
지? 누가 이런 아이디어를 냈으며, 그에 동조하는 자는 누구인지? 인간은 모
두 같다.

062.
공공 임대와 껑기

재건축을 진행할 때
오래된 아파트 용적률을 상향해 주면서
임대 아파트를 지어서 기부하라고 한다.

예전에 은행에서 돈이 부족한 사람에게 대출해 주면서
오히려 예금을 유치하던 방식인 '꺽기'가 떠오른다.

그리고 가진 자와 못 가진 자가 옆에 붙어서
조화롭게 사는 이상향을 꿈꾸는 듯하다.

그러나 희망 사항이다.
옆집에 붙어 있다고 해서 모든 면이 같게 되는 것은 아니다.
껍데기일 뿐이다.

서로를 인정하고

최소한의 삶이 보장될 때

어디에 살든지 상관없이 신경 끄는 여유가 생긴다.

063.
닫힌 나라에서 사는 법

우리나라는
아무래도 닫힌 나라다. 내 생각이 그렇다.

한 방향으로 많이 쏠린다.
쏠림 현상이 심하다.
반대 의견도 펴기가 눈치 보인다.

이런 눈치 보기는 법관, 재판관에게도
영향을 미친다.

좋은 일도 강제하게 된다.
금 모으기에 동참해야 하고
서해안 기름 유출 사고는 기름 닦는 데도 가야 한다.
세월호 리본도 달아야 하고
월드컵도 거리로 응원을 나가야 한다.

좋은 점도 있겠으나
숨쉬기 힘든
여유 없는
닫힌 나라이다.

4~5시간 달리면 끝이 닿는
좁은 동네라 시끄럽다.

064.
부귀를 감당하는 데는
능력과 수양이 있어야 한다

최근 대한항공 사태를 보면서 느끼는 점이다.
잘나가며 부귀와 호사를 누리던 사람들이
어찌 그리되었을까.

고전의 말을 되새겨본다.
감당할 수 없는 가난은 없으나
감당할 수 없는 부귀는 있다.

산책하는 변호사의
세상 탐색기

065.
민주주의라 해도 권모술수는 바뀜이 없다

권세를 잡고

자기 세력을 심고

반대파를 명분을 붙여서 숙청하고

이는 예전 삼국시대부터 있어 오던 일인데,

요새는 우주로 탐사선을 보내는 시절임에도

변함이 없네.

제도는 변해도

사람은, 사람의 욕심은 변하지 않고

농서를 얻으면 또 촉을 얻고 싶은 것은

고칠 수 없는 병이라 하겠네.

그런데 오만한 한 소리 들리니

100년 집권 소리 들리는구나.

권불십년 화무백일홍이란 옛말 무색하다.

자신의 마음을 돌이켜

초심으로 가지 못하면

언제나 화는 우리 곁에 있다.

066.
과도한 자책은 자신을 허물어뜨린다

남이 탓하지 않아도
스스로 무너진다.

남은 가끔 욕하지만,
내 속의 나는
의식이 살아있는 한
아니, 무의식중에도
나를 탓한다.
강철로 만든 뼈라도 녹을 정도이다.

반성은 화끈하게 그리고 신속하게 끝내야 한다.
잘못된 원인을 분석하여
미래로 고쳐나가는 것이
진정한 반성일진대

심약한 자는 마음 하나를 넘어서지 못한다.

067.
5층 사무실 창가 옆에 앉아

명예로운 판사직을 그만두고 험한 세상에 나와
변호사를 개업한 지 15년이 되었다.
다행히 왕복 8차로 대로변 성남법원 건너편 좋은 위치 5층에
사무실을 열었다.

넓은 창가 밖으로 차들이 지나간다.
세월 따라
물고 뜯고 악쓰는
소리들도
같이 휩쓸려간다.

늘
일거리를
연구하고 생각할 재료를
주시는 분들께
감사드린다.

산책하는 변호사의
세상 탐색기

일 저지르신 분들

억울하신 분들

나쁜 일 생기고 찾아주신 분들….

068.
한강변 조망이라는 것에 관하여

한때는 압구정 아파트에 산 적이 있다.
그래도 6년 정도는 살았으니 적지 않은 시간이다.

그런데, 요사이 부동산 가격 올라가는 것을 보니
한강 조망이 나오는 아파트나 층이 그렇지 못한 곳과 차이가 큰
것 같다.

그런데, 과연 한강변에, 한강 조망이 나오는 아파트에 사는 사람들은
하루에 한강을 얼마나 조망하면서 사는 것일까.

한강 조망은 아니지만,
한강변에 살면서 과연 1년에 한강 공원에 몇 번이나 갔는지 생각
해 보면, 3~4회 정도에 불과한 것 같다. 나머지 주말에는 다른 곳으
로 놀러 가거나 집에서 TV를 보거나…

산책하는 변호사의
세상 탐색기

실상은 그러한데,

사람들은 한강 조망을 아주 크게 생각하는 것 같다.

희소가치는 있겠으나, 실제 이용률은 생각하고는 다르다.

좋은 공기와 전망 이런 것들을 생각하면 다른 좋은 곳도 많은 것 같다. 교육 환경을 빼면.

투자 수익을 따지자면 남들의 수요가 많은 곳에 투자하는 것이 정도이지만

살기를 따지면 분명 공기 좋고 주변 시설이 잘 갖춰진 곳이 좋다.

늘 세상은 유행에 과도히 쏠리는 것 같아서

이를 추종하지 않더라도 가진 자원을 잘 배분하면 훨씬 효율적으로 누리면서 살 수 있다.

자산 배분에도 지혜가 필요한 것 같다.

069.
격동의 세상에서도
중심을 잡으면 두려울 것이 없다

세상이 무섭게 변한다.

직업도 명멸하듯 바뀌고

새로운 직종이 나타나 인기를 끈다.

현재는 유튜버가 나타나 그 인기가 최고조에 있다.

미디어를 보면 연일 사건·사고와 비리와 과도한 요구와 폭력으로

점철되어 있다.

어디 조용한 곳이 한 곳도 없는 듯하다.

나도 열심히 뛰고 목소리를 높이지 않으면

내 것을 지키지 못하고

도태될 것만 같은 불안감이 엄습한다.

산책하는 변호사의
세상 탐색기

돈을 더 악착같이 벌어야 할 것 같고
내 고유의 삶도 살아야 할 것 같고….
갈팡질팡하고 있다.

요즈음은 모든 사건이 실시간으로 언론에 노출되어
사람들이 사건의 압박과 충격, 그로 인한 정신적 스트레스 속에서
살아가게 된다.

보기 싫어도 보이고
끼어들기 싫어도 끼게 되는 지경이다.
이 한 몸 조용히 가기 힘든 세상이 되었다.

이런 세상에서
조용히 마음의 중심을 지키고
평온을 유지하며
나의 길을 가고
이웃의 이익도 살피는
그런 자세가
더욱 절실하다.

전쟁터 속에서 마음의 중심을 유지하며

조용히 자신의 길을 가야 한다.

산책하는 변호사의
세상 탐색기

070.
각자의 역할을 다하는 것이
인간관계 롱런의 길이다

상대방에게 부담을 주면
그 인간관계는
오래가지 못한다.

몇 번은 호의적으로 하더라도
계속 상대방의 선의를 요구하면
부담을 느낀다.

어느 정도는
자기가 부담해야 한다.
그것이 롱런의 길이다.

자기가 이익을 누리는 데 대한 것이라면
어떤 비용이든

아무리 어렵더라도 적어도 51%는,

부조라고 하더라도 비용의 30%는,

본인이 부담하는 것이 중요하지 않을까 싶다.

세상에 공짜가 어디 있겠나?

내가 내지 않으면 남이 부담한다.

국가가 돈이 어디 있어서 돈을 내어 주나?

다 남들이 낸 세금일 뿐이다!

그저 남에게 의존하는 습성을

버려야 모든 부분이

건강해진다.

오래간다.

산책하는 변호사의
세상 탐색기

071.
인생은 왜 한 편의 연극인가?

이는 본디 하지 않던 일이요,

곧 그만두어야 할 역할이기도 하고

근데도 한참 열을 내며 울고 불며

영원할 것처럼 수행하기 때문이다.

072.
지도자를 잘못 만나면 국민이 고생한다

지도자라고,
선거에 이겨서 지도자가 되었다고 해서
좋고 훌륭한 인간은 아니다.

대중의 인기를 얻는 방법과 줄 대는 법을
잘 아는 자일 수도 있는 것이다.
아니면 운이 좋은 자일수도 있고….

베네수엘라 피난 행렬을 떠올려 보면,
다른 생각이 들 여지도 없을 것이다.

대중의 단견에 편승하고 이를 부추겨서
나라의 미래와 경쟁력과
인생은 땀 흘리며 일하면 그 대가를 받는다는 평범한 진리를
거스르면

그 앞에 남은 것은 아무것도 없다.

무지한 대중의 호된 질책이 기다린다.

073.
늘 불안에 떠는 자는
스스로를 못 믿기 때문이다

남에게 의존하는 인생
남의 평가에 의존하는 인생은
불행하다.

많이 가진 것처럼 보여도
가진 것이 없다.
내 속에서 우러나는 자존감이 없기 때문이다.

부귀영화가
내 마음을 채워 주지는 못한다.
왜냐하면 내가 소비할 수 있는 재화는
한계가 있고
남들의 칭송도 좀 지나면
곧 식상해지기 때문이다.

사람마다 중히 여기는 것이 다르고

차이가 있겠지만

돈과 직업이라는 것이

본디 인간이 지구상에서 먹고살기 위해

만들어진 것이 아니겠는가를 생각해 보면

좀 분명해진다.

하루에 식사는 많아야 서너 끼일 뿐이고

누울 곳은 한 평이면 족하다.

그런데도 돈과 직업에 자신을 매다는 사람들이

많다.

그럼 자존감이란 무엇이며

어디서 나오는 걸까?

사전적 의미로는 스스로를 존중하는 마음이지만,

스스로의 처신을 도의와 호의 그리고 보다 공정한 룰에 일치시키고

자신의 실수를 인정하고 교정해 나가는 자신을 볼 때

생기는 그런 감정이 아닐까 한다.

이런 자존감을 획득하면 불안감이 줄어든다.

잃을 것도 없다.

자기를 믿고 인격의 일체성을 유지하고

호의를 가지고 사는 것이 훨씬 더 만족감을 준다.

사회적 자원도, 경제력도

그런 만족감을 주는 한도에서 필요하다.

너무 쪼들리지 않게 잘 관리하는 것이 필요하다.

074.
인간은 가르쳐서는 되지 않는다

인간은 가르쳐서는 되지 않는다.
가르쳐서 깨우치는 데는 한계가 있다.

본디 알아야 한다.
본디 알아야 크게 되고
힌트만 주어도 깨우쳐야 한다.

075.
없는 자는 가진 것도 빼앗긴다

빈익빈 부익부라는 것!
부의 집중이라는 것!

세상의 물들이 모여
바다로 가듯이
가진 자는 돈 벌기가 더욱 쉽고
없는 자는 입에 풀칠하기조차 어려운 세상이다.

가진 자가 더 쉽게 더 많이 번다는 것은
자연의 이치랄까…
인정하기 어렵겠으나
물이 위에서 아래로 흐르는 것과
다름없다.
물이 위에서 아래로 흐르는 것을
계속 막을 도리는 없다.

다만 가진 자가

법을 지키고

약자를 무시하지 않고

번 것을 못 버는 사람들을 위해 많이, 흔쾌히 낼 수 있도록

여건을 만들어 주는 것이

약자를 위하는 길이 아닐지.

076.
슬픈 사랑

한국에서는 결혼할 여성을 도저히 구하기 어려워
베트남 여성과 혼인하려다
이혼만 두 번이나 한 슬픈 이야기가 있다.

무슨 영문인지
한국에서 혼인신고를 먼저 하고
신부를 모셔오는데
한국으로 입국하지 않았다는 것이다.

그래서 이혼으로 혼인 관계를 정리하고
또다시 결혼했는데,
마찬가지로 신부가 한국에 못 와서
두 번이나 이혼한,
같이 산 시간은 하루도 없는
슬픈 한국 총각의 현실.

이런 사람들을 위해

불쌍한 노총각들을 위해

나라에서는 무엇을 해 주나~!

077.
돈 없고 매력 없는 사람은 사라져라?

세상에 희귀한 일이 있다!

의식주.
인간답게 살기 위한 기본 요건이다.

근데 사실은 의식주보다도
그 이상으로 긴요한 것이
성(性), 즉 이성적 상대방이라 하겠는데
나라에서도, 언론에서도 챙겨 주지 않는다.

인간의 기본 욕구는 생존과 번식이다.
먹고 후손을 보는 것.
후손을 보는 에너지가 성욕인데
나라에서는 최저생계비에 주거 대책은 챙겨도
요것만은 챙겨 주지 않는다.

산책하는 변호사의
세상 탐색기

묘한 일이다.

왜 그럴까?

사생활의 영역이라서일까?

아마 시끄러워서가 아닐까?

그럼 누가 떠든다는 것일까?

그리하여

돈 없고

매력 없는 사람은 남자든, 여자든

이성과 접촉할 기회가 없다.

자연히 지구상에서 유전자가 도태된다.

아무도 도와주지 않는다.

잘못 집적거리다가는 철창행 신세가 되고.

인간사회라는 것도

동물의 세계 못지않은,

힘이 없으면

내 유전자 보존할 수도 없는

그런 세상임에 다름이 없다.

078.

경찰과 검찰, 법원에 대한 에피소드

피의자가 경찰에 갔더니

별것 아니라고 빨리 인정하고 치우라고 한다.

산책하는 변호사의
세상 탐색기

검찰에 갔더니

경찰에서 인정하고서 왜 이러느냐며

억울하면 법원 가서 다투라고 한다.

법원 갔더니

수사 기관에서 다 인정하고서

이제 와서 말 바꾸는 것은 믿기 어렵다 한다.

079.
돈·인맥·명예가 없으면 움직이지 않는다

공무원을 두고 하는 말이다.

돈이 생기든지
인맥과 연결되든지
명예를 주지 않으면

잘 움직이지 않는다.

산책하는 변호사이
세상 탐색기

080.
촌 피고인의 비애

내가 일하는 성남은 시골인가?
아니라고 펄쩍 뛸 이야기다.
인구가 약 100만 명인데.

근데 형사에서는 시골이 분명하다.
음주운전 삼진아웃도 다른 것 같고
상해죄 처벌도 좀 다르고
사기죄 피해액도 느낌이 다르다.

작은 동네
작은 사건이 모여 있다 보니
작은 것도 크게 느껴진다.

촌 피고인은
좀 불쌍하다.

죄를 짓더라도
대처(大處)에서 지어야 하나?

산책하는 변호사의
세상 탐색기

081.
귀한 종자와 천한 종자

부귀한 집에서 나도 천한 종자가 있다.
어려운 집안에서 나서 배우지 못해도 귀한 종자가 있다.

남에 대한 배려와 공평함.
이것이 종자와 기질의 귀천을 결정한다.

예의를 알고

인간의 품위를 지키고

남을 자기에 비추어

공평히 대하려는 자세가

존귀한 종자이자 기질이다.

산책하는 변호사의
세상 탐색기

082.
꼬리 물지 말고 좀 일찍 나서라

아침 출근길…

상습 정체 구역 교차로
꼬리 물기가 참 심하다.

그 모습
허접하고 불쌍하게까지 보인다.

그러지 말고
조금 일찍 집에서 나서라.

남한테 폼 잡으려면
좀 낫게 보이려면
몸이 좀 더 고달픈 것은 당연히 감수해야 한다.
또한 그것이 정신적 강인함을 촉진한다.

083.
기생충이 아니라 거지

〈기생충〉이라는 영화가 유행이다.
근데
기생충이 아니라 거지가 아닐지.

국가의 세금이라는 것을 매개로 하거나
남의 돈으로
남의 땀에 의지하여 살면
쉬운 말로 거지가 되는 것이다.

다만 공금에서 지출되다 보니
내 자존심을 덜 다친다.

그래도 남이 낸 돈이라는 것을 인정해야 한다.
애써 눈감고 싶겠으나.

산책하는 변호사의
세상 탐색기

보편적 복지라는 것도
자존심을 지키기 위한 것은 아닐지.

무릇 자기의 발로 서는 연습을 해야 한다.
비록 비틀거릴지라도.
남에 의존하여 사는
비굴한 삶을 청산해야 한다.

근데 거지 중에는 자존심 센 자도 많다.
실제로는 더 강퍅한 경우가 많다.
부끄러움이 강고한 자존심으로 변질되었다.

084.
호들갑이냐, 감수성 풍부냐

불행한 사고를 당하면
대성통곡을 한다.
TV 카메라에 비춰지면
더욱 운다.

남 탓이라도 할 거리가 있으면
찾아가서 강하게 따진다.

슬픔을 감추기보다는
강하게 나타낸다.
그러다가 빨리 잊는다.

강하게 분출하고
일찍 잊는다.

산책하는 변호사의
세상 탐색기

그런데

이웃 나라에서는

조용히 슬픔을 삭이고

자책하고

오래오래 가는

사람들이 많다.

085.
다이어트와 돈오돈수

크게 깨달으면 변하게 된다.
깊이 깨달으면 바뀌게 된다.

산책하는 변호사의
세상 탐색기

086.
집안이 조금 어려워야 자식이 강인해진다

부모가 너무 잘살고
바쁘면 자식이 나태해질 위험이 있다.

돈 달라는 대로 주고
돈 버는 어려움을 모르면
세상을 모르고
마음의 수련도 없다.

요새는
너무 돈 많은 자도 많아서
그 돈을 자식이 다 쓸 수도 없는
집도 많지만

돈에 치여서
돈 쓰다가 가는 인생은
가치 없고, 어찌 보면 불행하다.

약간의 어려움은 성숙의 필수 요건이다.
돈은 원래 삶의 방편이자 수단이었다.
짐승들은 배부르면 먹이를 더 잡지 않는데
인간은 끝없이 축적하고
대를 물려 전해 준다.
그런데, 그 자식들은 고마움을 모르고
염치가 없다.

몸이 가벼워야 인생이 가볍고
볼거리, 느낄 거리를
제대로 취할 수 있다.

삶의 방편 관리하느라
아까운 시간 낭비 말고

돈 버는 시간 아껴서
중심을 잡고 삽시다.

087.
국민의 의무와 권리?

소득세의 70% 이상을
상위 10%가 낸다고 한다.
그리고 국민의 반 정도는
소득세도 안 나온다고 한다.

그럼 세금도 안 내고
군대도 안 가면
덤으로 사는 국민인가?
참 요지경 세상이다.

그러나 과거 역사를 보면

이런 민초들이

임진왜란, 6·25 사변, IMF 등 나라가 어려울 때

희생하고 목숨을 바쳤으니.

어려울 때는

다수의 민초 덕분에 나라를 보존하니

피장파장이라는 것!

언제나 민초들은 나라의 큰 울타리이다.

088

감사할 줄 아는 것이 위대한 것이다

감사는 만족을 부르고
내 영혼을 풍부하게 하고
내 마음을 부드럽게
산들거리는 봄바람으로 만든다.

빡빡한 삶을
여유 있게,
윤택하게 만들어 준다.

089.
끈기는 가장 큰 미덕이다

흔히 끈기라고 하면 미련함을 떠올릴 수도 있다.

그러나
아무리 창의적인 새로운 일도
고리타분함을 답습하는 일도
끈기가 없으면
아무것도 완성할 수 없다.

끈기는 추진체이다.
그리고 끈기는 인내이다.

상황과 고통에 즉각적인 반응을 보내기보다는
한 템포 기다리면서
관조하고 평가해 보고
여유를 가지는

이러한 끈기가 없다면
아무것도 이룰 수 없다.

변덕이 죽 끓듯
조변석개는
인생 최악의 악덕이다.
하다못해
변덕도 끈기 있게 해야 그 분야에서 남는 것이 있다고 할까.

090.
인간의 탈이라는 평등

모든 인간은 인간의 탈이라는 것을 썼다.
껍데기라는 것….

네 껍데기와 내 껍데기가 같으니
너와 내가 달라서는 되겠냐는 것.
그것이 평등에의 욕구이다.

다른 한편으로 인간은 자의식이 강하다.
남과 나를 잘, 그리고 자주 비교한다.
불평등을 수긍하는 정도가 약하다.
그리하여 평등에 목을 맨다.

여기에 영활한 정치인이 편승하여
불을 지른다.

091.
자유는 팩트고
평등은 이념이다

자유는 팩트(fact), 사실이고
평등은 이데올로기이다.
자유는 존재하는 것이고
평등은 추구하는 방향이다.

자유는 원래 존재하던 것인데
계급 사회에서 빼앗겼다가 다시 찾은 것이고
평등은 애당초 없던 것인데
억지로 만들어 가야 하는 것이다.

자유는 물과 같은 것이고
평등은 물을 가두기도, 방류하기도 하는
댐과 같은 것이다.

산책하는 변호사의
세상 탐색기

인간은 자유롭지만
전혀 평등하지 않다.

헌법에도 "모든 국민은 평등하다."가 아니라
"법 앞에 평등하다."라고 되어 있을 뿐이다.

그러기에
'평등', '평등' 하는 것이고
차별 운운하며 때로 경기(驚氣)를 일으키는 것이다.

092.
좁은 동네 대한민국

어디를 가나

차로 네다섯 시간 달리면 끝이다.

산책하는 변호사의
세상 탐색기

대통령도 동네 이장이다.
이런저런 일에 다 관여해야 하고
얼굴 안 보이면 뭐 하냐고 난리다.

한때 '세월호 7시간'이라는 말이
언론에 자주 등장하였다.

이런저런 간섭 많고
남의 일을 궁금해하고
남들 하는 대로 살고자 하는,
등산복 물결이 온 산을 수놓는

좁은 동네를
대한민국이라 칭한다.

093.
작고 더러운 권력

예전엔 군 생활을 하며
고생한다는 사람이 많았다.

조그마한 폐쇄 집단에서
부하들에게 자의적인 권력을 휘두르고
야비한 행동 일삼으며.
그것도 권력이라고.

근데 이런 일은 현재도 사회 도처에 존재한다.
대기업 사주들이나 노조나 이익 단체 등이나
조그만 회사에서나
심지어는 학교 재단에서도
통제받지 않는 권력들의
행태를 본다.

부하들을 종처럼 부리고
남의 돈을 자기 돈으로 착각하고
내 아들 우선 취업시키고
소위 '땡깡을 부려서' 이권 따내고

그렇다면 인간이나 사자나 하이에나나
별 차이가 없다.

껍데기가 인간이라 하여
이름들이 복잡할 뿐
아프리카 초원에서 고기 뜯어 먹는 것과 같다.

094.

부끄러움을 아는 게 인간의 길이다

인간이 무언가?
그저 말하는 고등 동물인가?

짐승과 물고기도 그들의 언어가 있고
지능이 높다는 것도
인간의 자화자찬일 뿐
별로 내세울 것은 없다.

인간을 인간답게 하는 것은
부끄러움을 알고
예의와 염치를 알아서
남도 나처럼 존중한다는 것이다.

그런데 소위 정치라는 것을 하는 사람 중에는
잘못을 하고

산책하는 변호사이
세상 탐색기

남들에게 큰 피해를 주고도
부끄러움을 모르는 자들이
참으로 많다.

낯 껍데기 두꺼워야
정치를 하는 것인지….
더러운 똥물에 오염되듯
악화가 양화를 내쫓듯
부끄러움이 사라진 것인지
참으로 생각해 본다.

청와대 고위직이 바뀌었다 해서
다시금 이런저런 생각을 해 본다.

095.
선악과를 따먹은 죄

성서에 나오는
선악(善惡)을 알게 하는 나무의 과일을
따먹은 죄…

어느 종교를 믿느냐를 떠나서
죄로 따지면
참으로 큰 죄가 아닐까 생각해 본다.

인간이 선악을 알고
옳고 그름을 알아서 오는 고통이
얼마나 큰가?

아프리카 초원의 짐승들이
쉽게 하는 일을
사람들은

쉽게 하지 못한다.

남들이 알고
무엇보다도 자신이 내면에서 바라보고 있기 때문이다.

선악을 알아서
인간이 되고
선악을 알아서
고통을 느끼고
몸부림치고
부끄러움을 느끼고
부끄러움을 숨기기 위해서 더 큰
악을 저지르기도 하고

참
선악과를 따먹은 죄가 크다고
아니 할 수 없다.

096.
교육형이라는 것의 허상

형벌의 목적이랄까?

본질이랄까?

그것은 교육을 위한 것일까, 아니면 보복 내지는 응보일까?

멋진 분들은 대개 교육형(教育刑)을 주장한다.

"네 이웃을 사랑하고 용서하라." 등.

근데 나는 20년 넘게 법률 사무 분야에 종사하면서

반성하는 사람을 많이 보지 못하였다.

거짓 반성과 눈물을 많이 보았다.

과연 사람이 교육이 되면 왜 잡아서 가둘까?

교도소에 가두는 것은 교육이 안 된다는 의미 아니겠나!

가두어서 교육한다?

그냥 웃게 된다.

세월이 갈수록 느끼는 것은
사람은 머리 좋은 동물이고
바뀌기 어렵다는 것.

아무리 오래 잡아 가두어도
쉽게 유전자와 육신에 박힌 성향은
변하기 어렵다는 사실이다.

다만 한두 번 정도는 실수라고
이해할 수도 있겠지만

형벌이라는 것은
기본적으로 효과가 있든, 없든
혼을 내주고
보복을 하여서 경고하는 것임을
부인할 수 없겠다.

097.
무기징역형은 무기로 사는 게 아니다

전에 사법연수생 시절에 교도소 견학 가서 들은 얘기가 있다.
무기수라도 대개 감형이 되어서
18년에서 21년 정도 복역하면 나온다고 한다.

훌륭하시고
인권 의식 있고
나름 선진적이라고 생각하시는
판사들이 사형 선고를 잘 안 하여서

한두 명 죽여도
죽은 사람만 억울할 뿐
살인자는 대개 석방된다는 것.
이것을 얼마나 아는지 안타깝다.

실제로 무기징역이라는 것은

사형선고를 받고

사실상 집행을 안 하면 그게 바로 무기징역이 되는 셈일 뿐

한국에는 무기징역형은 없는 셈이다.

불쌍한 피해자 가족들과 억울하게 눈감은

피해자들은 어찌 눈을 감을까!

098.
남자 몸값과 여자 몸값의 차이?

여자가 남자의 반바지 사이로 손을 넣어서 성기를 만진 죄로
재판을 받았다.
200만 원에 쉽게(?) 합의를 보았다.

반대로 여자라면 이런 경우 합의를 잘 안 해 준다.
그리고 합의금도 적어도 500만 원 혹은 1,000만 원 이상 요구한다.

어디서 이런 차이가 오는지
생각해 볼 일이다.

성적 수치심의 강도의 차이인가?
아니면 남자 몸과 여자 몸의 의미가 다른 것인가?

산책하는 변호사의
세상 탐색기

099.
세상의 웃기는 일 ❶ -시가 반영률

토지 수용 등 사건에서
토지 시가를 감정하면
개별 공시지가에 이것저것 가감하여
시가를 평가해 준다.

그러면 토지를 강제로 뺏기는 사람들은
실제 시세와 너무 차이가 난다고 억울함을 토로한다.
그런데
이런 하소연에 감정평가기관도, 법원도
거의 요지부동이다.
소송하면 소송 비용(변호사 보수) 정도만 더해 주는 경우가 많다.

근데 이번에 새 정부 들어와서
무슨 영문인지
지가를 재산정하며

시가 반영률, 소위 현실화율이 "실제 시세의 몇 퍼센트냐?" 운운하는 것을 본다.

그간 실제 시가와 너무 차이가 났다는
엄연한 사실을 대놓고 인정하는 셈이다.
공시지가가 실제 시가의 반 정도 내외라는 것을.

그렇게 눈 가리고 아웅 하는 논리와 짬짜미로
오랜 시간 남의 피 같은 재산을 가져갔다.
공익을 내세운
법을 내세운
날강도 같은 짓이다.
법원도, 헌재도 도와주지 않았다.

눈 가리고 아웅 하는
가짜 세상을
청산하고
잘못을 반성하여야 할 것이다.

100.
세상의 웃기는 일 ❷

재건축 초과이익 환수금이라는 것이 있다.
재건축 이익을 나라와 나눠 가지자는 것이다.
나라에서 용적률도 올려 주고
주위에 기반시설도 갖춰 주었으니
그 이익의 반을 내놓으라는 것인데…

그런 한편으로, 그린벨트, 개발제한구역이라는 게 있다.
근데 개발제한이 되어
내 땅이 개발이 못 되고
집도 못 짓는 제한에 대해서는
사회적 제약일 뿐, 특별한 희생도 아니니
너 혼자 참으라고 한다.

산책하는 변호사의
세상 탐색기

내가 왜 참아야 하나?

근데 대법원도 네가 참으라고 한다.

나는

진짜 참아야 할까?

세상의 억울한 일이다.

101.
빼앗기는 것은 주는 것보다 억울하다!

토지 수용을 두고 하는 말이다.

길을 가다 남한테 한 대 맞는 것은
내가 넘어져서 다치는 것보다
더 억울하다.

근데 때린 놈이 너는 이 정도만 아프니
그 정도 치료비면 족하다고 하는 격이다.
그 진단서를 발부해 주는 쪽도 때린 놈을 편들고
서로 교감한다.

내 아픔은 어디서 보상받나?

102.
하이에나의 산 누 뜯어먹기

유튜브 영상을 보다가
실로 황당한 영상을 하나 보았다.
아프리카 초원에서 하이에나가
누를 따라다니다 옆구리부터 뜯어먹는 장면이었다.

사자들처럼 목을 물어 숨통을 조이지도 않고
엉덩이나 성기를 깨물어 뒷발에 차일 염려도 없고
그냥 옆구리 쪽으로 덮쳐서 그 부분부터 집중 공략하여
뜯어먹는 것이다.
누는 저항하여도 발로 찰 수도 없고
뿔이 닿지도 않아 들이받을 수도 없다.

참으로 놀라운 수법이다.
계속 뜯기면 결국 내장들이 전부 쏟아져 나오게 된다.

근데 더욱더 놀라운 것은
바로 산 채로 뜯어먹는다는 것이다.

누는 눈을 껌뻑이며 울뿐
고래고래 울부짖음도 별로 없다.
숙명을 수긍하는 것인지….

누의 모습과 반응을 보며
상대를 산 채로 자신의 식용으로 뜯어먹는
하이에나를 보며

인간의 삶과 옳고 그름의 의미를
다시 한번 돌아본다.

103.
약자는 눈치 보는 것이 주된 방책이다

약자는
늘 눈치를 본다.
분위기 파악을 해야 하고
상대방의 기분을,
의도를 살펴야 한다.

이런 약자의 언행을 이해하기는 쉽지 않다.
자신이 선호하는 바를 간단히
명백히 드러내지 않는다.
상대방의 기분을 거스를까 봐
본인이 원하는 바를
직접적으로 말하지 않는다.

이런 약자를 이해하는 일은 어렵고
늘 조심스러운 일이다.
살얼음 위를 걷듯
산들거리는 봄바람처럼
살랑살랑 다가가야 한다.

104.
서열은 물의 흐름과 같다

서열이 싫은가?

좋아할 사람이 많지는 않을 것이다.

서열 상위보다 중하위가 더 많으니 당연하다 하겠다.

그럼 서열 파괴가 옳은가?

때론 옳을 때도 있을 것이고

필요할 때도 있겠으나

서열 자체를 없애기는 불가능하다는 생각이 든다.

서열을 배척하는 것이

대중의 감정에 호소하는 바가 크지만

서열은 진실의 하나이고

다만 그것이 불편한 진실일 뿐이다.

우리에게 나라가 왜 존재하고
대통령이나 우두머리가 왜 존재하는가?
모든 게 평등하다면 이런 자들도
존재할 필요가 없다.

동물의 세계에도
인간 세상에도
우두머리와 다스리는 자가 존재한다.
모든 것이 평등한 세상은 지구상 어디에도 존재하지도 않았고
앞으로 존재할 수도 없다.
그것이 용인되는 불평등인가, 아닌가의 문제만이 있을 뿐이다.

그것이 변하는 일은 종종 일어나지만
서열 자체를 없애려는 것은
자연을 거스르는 것이고
하나의 새로운, 거짓된 정략에 불과하다.

다만 불편한 진실을 인정하고
그것이 병폐로 치달리지 않도록
닫힌 서열 사회가 되지 않게
적절히 통제하며 관리하는
여유가 필요하다 하겠다.

105.
우리는 낮보다는 밤을 더 좋아한다

휴식이 있고

경쟁이 덜하고

그래서 마음 편한 밤이 좋다.

흐물흐물한 우뭇가사리처럼

자신을 방기할 수 있다.

그리고 어둠 속에서

자신에게 더 집중할 수 있다.

하고 싶은 일에

자신과의 대화에

더 편하게

몰입할 수 있다.

106.
외길 줄서기 인생을 따르지 마라

돈 버는 길이 인생의 길인가?

개인 사업자를 하다가 크면

주식회사 차리고

투자를 받아서 키우다가

거래소에 상장하고

좀 더 잘되면

중국, 베트남 등으로 해외 진출하고

계열사 늘리고

끝이 없는데….

다들 같은

외길이다.

다들 가는 길인가?

다들 그리 가야 하는가?

산책하는 변호사의
세상 탐색기

그러다 어느 순간

왜 가는지도 모르고

어딘지도 모르고 문득 가게 된다. 잘 모르는 세상으로.

자신으로의 여정을 좀 더 챙길 필요가 있다.

절대 아깝지 않은 투자이고

손해를 볼 일도 전혀 없다.

107.
부동산은 핵심 투자 자산이다

요즈음 어느 장관이 집은 (고단한) 한 몸 누이는 곳이라 한

그 말이 화제다.

낭만적이고 소박하다.

그러나 집은 한 몸을 누이는 곳만은 아니다.

어지러운 세상에

나라도 못 믿고

연금도 못 믿는 세상에

오롯이 나를 떠받드는

핵심 투자 자산이자

든든한 효자이다.

공매도도 없고
상장폐지도 없고
분식회계도
도덕적 해이도 없는

알기 쉽고
그래서 오히려 소박하고
서민적인
핵심 자식이다.

108.
미스코리아와 수영복 심사

미스코리아는 몸과 외모를 심사하는 행사이다.
마음을 심사하는 것은 아니며, 이는 부차적이다.

그런데 수영복 심사에 대하여
말이 많다 보니 폐지되고
다른 옷을 입고 심사한다.

그러나 근본적으로는 외모를 심사하는 제도이다 보니
얼굴과 몸매를
안 볼 수는 없다.
몸매가 품위 있게 그리고 잘 드러나도록 하는 옷을 입고 심사
받는 게 맞다.

말이 많다 보니 지상파 방송 중계도 안 한다.

이런 게 눈 가리고 아웅 하는 일이다.

이와 관련하여 외모 중시 풍조에 대한 비판도 많은데

외모 중시는 진리 중의 하나이다.

동물의 세계에서.

어느 철학자가 말하길, 우리 몸은 세상에 내려진 닻이다.

나의 정체성이고

나의 틀이요, 정수이다.

나는 내 몸을 통해서 표현된다.

몸은 다 소중하나,

몸이 평등한 것은 절대 아니다.

몸은 불평등하다.

불평등은 본디 어떤 진실이다. 진실의 일단인 것이다.

그래서 전 세계가

동물의 세계에서도

몸에 대해 난리이다.

우리네 조상도 신언서판이라며 일풍신이라 하였다.

몸을 경시하지 말고

숨기지 마라.

몸을 인정하고 자랑하라.

그리고 잘난 몸을 인정해 줘라!

그게 연예인들이고 스포츠 스타들 아닌가?

그리고 미스코리아 수영복 심사는 정당한 방법이다.

손으로 하늘을 가리지 못한다.

몸이 부족하면

다른 곳에서 더 노력하면 된다.

몸이 전부는 아니니까.

그러므로

열등감으로, 시기심으로

남을 비난하는

저급한 자들의 대열에서 속히 이탈하라!

109.
의미와 무의미, 몸의 객관성

인간과 동물은 모두 몸을 가지고 있다.

얼굴과 몸~!

동물들은 이런 몸의 의미를 아는 것 같다.

인간의 몸과 개, 돼지의 몸에

공통적인 의미를 가지는 것이 있다는 사실~!

과연 사실인가?

과연 인간과 동물이 서로 사랑할 수도 있을까? 육체적으로 말이다.

110.
우리는 하나다! 그런가?

우리는 하나인가?

좋은 말이다.
하나라면 우선 맘이 편하고
안심이 된다.

잘났든, 못났든
특히 못나도 같이 엎어져서 갈 수 있는
그래서 마음 편한 구호이다.
정치인들은 흔히 "우리가 남이가?"라고도 한다.

근데 실제로 하나인가?
그리고 하나가 될 수 있는가?
과연 하나가 되어야 하는가를
생각해 볼 일이다.

하나인 것 같지만

하나가 아니고

하나가 될 수 없고

혼자서 떠안아야 하는 일도 많다.

어떤 때는 하나이기를 강요받고

싫어도 하나가 되어야 하고

그런데 이제는 세계화된 보편 사회에서

우리 가치만 주장할 수 없고

우리끼리만 살 수도 없다.

국가에 대한 충성도도 희미해져 간다.

내가 그렇듯 남에게 과도한 희생을

강요할 수 없다.

최소한 내가 해야 하는 것과

남에게 부탁할 수 있는 것의 조화,

하나인 부분과

하나가 아닌 부분의 이해,

이런 조화가 요구되는 시대이다.

111.
최선을 다하지 않아도
쉽게 할 수 있으면 그게 더 낫다

최선을 다하는 것은

인간의 길이고 도리이다.

진인사대천명, 일의 성사는 하늘에 달려있다고도 한다.

그러나 최선 운운하는 일은

노력하는 자의 노력으로는

벅차거나 주의를 기울여야 하는 일이다.

쉽게 할 수 있는 일에

과도한 에너지를 쓰는 것은

어리석은 일이다.

에너지는 유한한 것이다. 개인적인 몸의 에너지든, 자연의 에너지든.

그러므로
자신의 역량을 키워
쉽게 할 수 있는 일을 늘리면 좋다.

사람들이 돈 버는 일에 목숨을 걸다시피 하는 것도
재물이면 많은 일을 쉽게 할 수 있기 때문이다.

그러나 뭐든 최선을 다하는 자세는 소중하나
한편으로는 피곤한 일이다.
유연하고 편하게 움직여도
성사될 수 있다면
그게 더 나은 일이다.

자신을 혹사시키지 않고
진을 빼지 않고
일을 성사시켜 간다면
더 나은 일이다.

이런 경지에 이르도록
평소에 꾸준히 노력하고

능력을 키운다면

인생의 많은 일이

유연하게 이루어지지 않을까 한다.

그렇다면 최선에 목매지 않고

남에게도 매달리지 않는

자유인이 되지 않을까 싶다.

나는 예전에 최선을 다했다는 얘기를 들은 적이 있다.

그때 나는

"최선을 다하지 않아도 좋습니다. 그저 간단히 이룰 수 있다면 그

것이 더 낫습니다. 모름지기 절박하지 않고 목매달지도 않으니까요."

라고 대답하였다.

산책하는 변호사의
세상 탐색기

112.
요즘 모바일 신문 기사,
죽고 때리고 거짓말한다

요새 인터넷 신문의 모바일 기사
헤드라인을 보면
이거 세 가지로 압축되는 듯한 느낌이다.

제목이 너무 자극적이다.
자극적이지 않으면 선택, 즉 클릭을 받지 못함을 의식하는 것인지
그런 기사가 많다.

전에는 좌파/우파, 보수/진보 등 성향에 따라 종이 신문을 돈을 내고
구독하였는데
이제는 너무나 쉽게 모바일 신문을 보고
구독하기도 클릭 한 번으로 공짜로 소식을 접하기에
선택받기 위한 전쟁이 벌어진 듯한 느낌이다.

유튜브 개인 방송을 보면, 이런 경향이 더욱더 심하다.

엄청난 제목을 달고서 실상은 별 내용이 없는 게 많다.

기정사실화된 보도처럼 제목을 달고서는 의문 제기로 끝맺는 것도 많이 본다.

클릭당 수익의 시대,

공짜 구독 시대의 병폐가 아닐지.

113.
스스로를 살피고 넘어서야
높은 경지에 오른다

남을 속이는 자는 사기꾼이지만
자기를 속이는 자는 바보천치이다.

남을 속이는 자는
작은 이득을 취하다 망하지만
자기를 속이는 자는
뿌리 없는 나무와 같아서
아무 얻을 것이 없는
껍데기 인생이 남을 뿐이다.

그럼 자기를 속인다는 것은 무엇일까?
바로 자기의 의도를 숨기는 것이요,
기호를 외면하는 것이고
이는 자기에게도 숨기고 남에게도 숨기는 것을 말함이다.

좋은 명분과 이유를 대지만
딴 뜻이
부끄러운 딴 뜻이 숨겨져 있는 경우가 많다.

그러한 내면의 모습을 직시하고
인정하고
깨부수고
넘어서야
참된 자유를 얻을 수 있고
참된 자기의 길로 갈 수 있다.

남을 따라 거름을 지고 장에 가는 인생길에서
벗어날 수 있다.

114.
마음의 연구 공부가
인생 최대의 공부이다

불교 냄새가 나는 말이다.

하지만 마음은 우리가 늘 그 속에 있는 것이고
우리가 함께 가야 하는 동반자이고
그로 인해
즐거움과 고통을 느끼기에
늘 공부하고 살펴야 한다.

내 마음이기에
내 마음대로일 것 같으나
"내 마음 나도 몰라."라는 말도 있듯이
내 마음은 내 것이면서
하나의 큰 짐임을 부인할 수 없다.

그러므로 늘 우리는 마음의 눈치를 살피고
비위를 맞추어야 할 것 같으나,
이에 나아가
마음의 주인이 되어
마음을 종으로 부린다면
진퇴와 종횡무진에 큰 고통 없이
자유자재할 수 있다.

대 자유인의 길이다.

115.
하급 인생을 살지 마라

남에게 무엇을 달라고 하지 마라.
요구하지 마라.

거지다.
자꾸 나라에 무엇을 달라는 것도 거지이다.

자꾸 준다고도 마라.
거지를 양산하는 정책이다.

힘 있는 한
자력으로 해 보는 게
인간의 길이고 도리이다.

자력으로 살 수 있는 길을
방해하는 것은 나쁜 일이다.

남이 업어다 준 길과
내가 걸어간 길은
그 길이 다르다.

남의 등에 숨어서
익명에 숨어서
스스로를 위로하지 마라

산책하는 변호사의
세상 탐색기

116.
작은 일을 잘해야 큰일을 맡게 된다

뻔한 얘기다.
그런데 작은 일을 소홀히 하는 사람들이
의외로 많다.

시시해서
별것 아닌데
내 능력에 비해서 하찮은데
아니면 서두르다가

이런 생각을 가지고
대충하다가 작은 일도
그르치게 된다.

그리하여

그것이 누적되면

평가가 되고 평판이 되며

결국 어디서든지 인정받지 못하고

하급 인생으로

전락한다.

슬픈 이야기이다.

117.
몸의 객관적인 의미

나는 늘 생각해 왔다.
'동물들은 동족들을 어떻게 동족으로 인식할까?'
하는 의문이다.

영양들은 자기들끼리
누들도 자기들끼리
사자도
개도
인간도
동족들끼리 살고 번식한다.

하다못해 물고기들도
자기 동족 암컷이 낳은 알에 방사한다.

참으로 놀랍다.

어떻게 어디에 방사해야 할지를 아는 것일까?

답을 하자면 당연히 아는 것이고

또 원래 아는 것이다.

몸을 통해 아는 것이고

유전자를 통해 아는 것이다.

근데 요새 동물 수컷과 교접하는

인간 영상을 우연히 보면서

'아~ 몸에도 객관적인 의미가 있구나!' 하는 것을 느꼈다.

어떻게 다른 종의 동물에게

성욕을 느끼게 되는 것일까?

이는

몸의 형상과 형태가 갖는 의미

그 의미는 객관적이고 공통된 의미가 있다는

사실을 말함이 아닌지 생각해 본다.

그러므로 몸은 소중하고

의미가 있고

더구나 그 의미는 동물의 세계에서 객관적으로 통용된다는 것

그것이 우리가 몸에 집중하는 이유가 아닐까 한다.

118.
어제 한 밥을 내놓으면 음식점 망한다

시시한 이야기다.
그러나 자주 목도하게 된다.

영업은 비용 절감이 전부가 아니다.
고객 감동이 있어야 한다.

한 그릇 절감하면 1,000~2,000원은 아끼겠으나
그 손님은 다시는 안 온다.
결국 어리석은 결과가 된다.

누구나 아는 이야기지만, 넘어서기가 쉽지 않다.

119.
열등감을 넘어서야 크게 된다

누구나 열등감이 있다.
남들이 보기에 부족할 것 없이 보이는 사람도
남모르는 열등감이 있을 수 있다.

그러나 이 열등감을 넘어서는 사람과
평생을 그 지배하에 사는 사람이 있다.

키 작은 영웅 나폴레옹도 있고
키 작아서 군대에 못 갔다고 대인관계, 여자관계에서 주눅이 드는
사람도 있다.

무일푼에서 자수성가하여 재벌이 된 사람도 있고
돈 없는 집안에서 나서 가난을 대물림한 사람도 있다.

한 번 인정하고 틀을 깨면 되는 것을

그것을 인정하는 것이
죽기보다 더 힘든 경우가 많다.

하지만 열등감을 벗어나면 큰 짐을 벗게 되고
오히려 큰 힘을 얻어서
당신이 부러워하고 결핍되었다고 생각하는 것을
보다 쉽게 가지게 된다는 것을
철저히 깨달으면
이것이야말로 좀 더 쉽게 열등감을 이기는 길이 아닐까 한다.

120. 우리는 원모(遠謀)가 있는가?

우리 민족은 원모가 있는가?
있는 것 같기도 하고
없는 것 같기도 하다.

그런데 크게 보면
서양처럼 수백 년에 걸쳐서 교회 건축을 한다든가
일본처럼 여러 대에 걸쳐서 같은 직업에 종사하는 사람들을 찾기
는 힘들다.

석굴암 불국사 축조가 있었고
김정호의 대동여지도가 있었고
팔만대장경 제작이 있었다.
경제개발 5개년 계획이 있었다.

그러나 수십 년, 수백 년을 이어가는 작업은 보기 어렵다.
반대로 최대한 빨리 뭘 하는 데는 익숙하다.

빨리빨리 결과를 내는 데 능하고
참지 못하는 데 익숙하다.

요새 일본의 불화수소 등 수출 제재에 대해서 온 언론이 호들
갑이다.
그간 그렇게 필수적인 것을
그동안 어느 정도 국산화해놓지 않고 뭐 했냐는 얘기다.
반도체 점유율이 전 세계의 75%라면서
기초 소재는 남에게 거의 전적으로 의존하고 있었다니
사상누각이라는 단어가 얼핏 떠오른다.

장기적인 작업이나 개발에 소홀하고
단기 성과에 과도히 집착하다가
하루아침에 무너지는 꼴이 될 수도 있다 하니

장기 도모가 없다는 것은 참 아쉽다.
그만큼 여유가 없고
중심이 되지 못하고
남에게 의존해서 사는 그런 모습이라는 것인데,
이래서야 무슨 선진국이 되며
다른 나라들의 위에 설 수 있겠나.

산책히는 변호사의
세상 탐색기

이제는 근본을 추구하여야 할 때이다.

전과 같은 자세로는 전과 같을 수가 없다.

121.
껍데기에서 벗어나야 돈을 번다

주식 이야기다.

팔아도, 보유해도 늘 현재 가치는 동일하다.
마이너스 수익률이 안타까우나
그것을 파나, 보유하나
늘 현재 가치는 같다는 것이다.

문제는 앞으로의 기대 수익률이 어느 정도냐에 따라
처분을 결정하여야 하는데,
눈앞에 보이는 적자 수익률이
행동을 가로막는다.

그러나, 파나, 보유하나
사실 지금은 같은 가치인데
적자라는 이름과 모양에 갇혀서

장래의 새로운 투자 기회를 놓치는 일이 많다.

알면서도 대개 벗어나기가 어렵다.

주식뿐 아니라

인생길도

나아가고 물러남에 있어서

자유롭다면

더 많은 것을 취할 수 있지 않을까 한다.

122.
변호사는 진실을 밝히는 직업이 아니다

변호사는 진실을 밝히는 직업이 아니다.
다만 그것이 필요할 때, 필요한 만큼만 밝힐 뿐이다.
대게는 의뢰인에게 필요할 때 말이다.

그럼 수사기관은 진실을 밝히는 직업인가?
그것도 아니다.
그들도 문제가 되어
불가피하게 밝혀야 하거나
직무상 혹은 개인적으로 밝힐 필요가 있을 때만 밝힐 뿐이다.

그런데
일반 국민들은 그걸 잘 모른다.

123.
교도소 안과 온전한 자기만의 시간

정두언 전 의원의 말이라고 한다.

머니투데이 기사의 일부를 인용한다.

> "정 전 의원은 지난해 한 언론 인터뷰에서 수감생활
> 을 묻는 질문에 '진정한 자유를 누리는 곳일 수도 있겠
> 다. 제한돼 있긴 하지만, 감옥 안의 시간은 온전히 자기
> 것'이라고 말했다. 어디에도 스스로를 가두지 않았던
> 그가 다른 세상으로 떠났다."[1]

변호사로서 교도소나 구치소에 가는 일이 많다.

변론 준비를 위해서 가지만

얘기하고 싶은 것은 재소자들의 수감 태도이다.

---

1) 머니투데이 2019년 7월 16일 자 기사.

하루하루를 초조하게 안달복달하며

면회를 재촉하고

가족들을 못살게 구는 사람도 보았고

느긋하게 남이 해 주는 밥 먹고

살찌는 사람도 보았다.

법정 구속이 되어 당황해하는 사람도 있고

법정 구속되고 나서도 오히려 선임한 변호사를

웃는 낯으로 맞이하여

변호사를 오히려

당황하게 하는 의뢰인도 있었다.

그 피고인 왈, 마음 편하다고 한다.

근데 정두언 의원의 그 말을,

의외의 말을 듣고

아~ 이분도 내면의 소리를 듣는 분이구나~!

자신과 대화하는 분이구나~! 하는 생각이 들었다.

세상 사람들에게 덜 방해받고 사색의 시간을 가졌으리라.

자신과의 대화.

혼자이지만 혼자가 아니다.

사색의 길로 무한히 빠져든다.

자신의 마음과 인생을 통찰한다.

참 평안과 자유를 누릴 수 있는 길이 열린다.

다만 한 가지 번뇌 망상에 끝없이 끌려가는 길만

피하면 말이다.

※ 독방 수감생활의 고충과 내면의 성찰에 대한 것은 김대중 대통령 자서전이 생생하고 인상 깊다.

124.
자살도 유행하는가?

오늘 유명한 전 국회의원 한 분이 스스로 저세상으로 갔다고 한다.

내가 보기에는 가진 것도 적지 않고 다양한 활동도 하고 좋아 보였는데

우울증 치료 중이었다고 한다.

의외다.

한국에도 자살의 역사가 많다.

유명 연예인인 최진실 친족들 등 연예인도 많고

요새도 계속 심심찮게 이어지는 것 같다.

노무현 전 대통령의 자살도 있고

이름 없는 부탄가스 연탄불쏘시개 동반 자살도 있고.

다들 사연과 이유가 다르겠으나

사는 것이 죽는 것보다

더 힘들어서 죽는 게 아닌가 싶다.

그러면 사는 게 왜 더 힘들까 생각해 본다.

경제적 궁핍

사회적 위신 손상

사업 등 추구하던 것의 좌절

인생의 무의미 등

여러 요인에서 비롯된 마음의 괴로움, 고통으로

힘들었을 것이라 짐작해 볼 수 있다.

즉, 마음의 고통과

인생이 의미 없다는 생각을 연결고리로 하여

생각이 증폭되어

자살에 나아가게 되는 게 아닐까.

여기에 한 가지 더하면

먼저 간 유명인사 등도 같은 길을 갔다는 일종의 유대감도 작용할

것이라 본다.

근데 인생은 본디 덧없고

별 의미는 없다.

없는 의미를 잠시 억지로 만들다가 가는 것인데(길이길이 의미를 두

고자 하는 게 역사가 아닐지),

　너무 큰 의미와 마음을 두다가

　실망과 좌절을 겪게 된다.

　그러니 처음부터 별 의미 없음을 알고

　어느 정도는 마음을 떼고 사는 게 한 방법이다.

　열심히는 하되

　목숨 걸지는 않는다.

　일은 일이고

　세상사는 세상사이고

　나는 나다.

　그리고 마음의 소리에 너무 매몰되지 말고

　생각을 증폭시키지 말고

　밝은 태양 빛의 화사함을

　그대로 몸으로 받아들였으면 한다.

애초에

아무것도 모르던 시절에는

태양 아래서

그토록 자유롭지 않았던가!

125.
인정받지 못하는 것의 괴로움

남의 인정을 위해서 사는 자는 괴롭다.
사회가 인정해 주는 가치를 맹종하는 자도 괴롭다.

스스로의 인정을 좇는 자는 마음이 편하다.
다만, 너무 들볶지는 마라.

남에게 자비롭게 대하듯이
스스로에게도 어느 정도는 관대함이 있어야 한다.
어느 정도까지만 말이다.
모든 면에 늘 관대한 것은 망하는 길이다.

126.
교회 세습과 자녀 우선 채용제, 그리고 노조

세상에 묘하고도 묘한 것이 자식이고 권력이다.

마음대로 되지 않는다.

재야에 있을 때는 훌륭한 인격을 갖췄던 사람도

권력 위에 올라 휘두르다 보면 변하는 모습을 쉽게 본다.

그 권력이라는 게

정치 권력만을 말하는 게 아니다.

종교 권력, 노조 권력, 군대 권력 등도 예외가 아니다.

이런 권력들과 인간의 가장 약한 부분이라 할 수 있는

자식 문제가 결부된 것이

권력자들의 지위 자녀 세습제, 자녀 우선 고용제이다.

역사적으로는 음서제라는 것도 있었다.

요새는 언론에 교회 세습에 대한

종교계 판결로 나라가 시끄럽다. 부모가 자녀에게 교회를 물려주는 것이다.

그런데, 종교가 무언가?
신 앞에서 자기 자신을 돌아보고
삶의 올바른 길을 추구하는 것 아니겠나.

그런데 옳고 그른 것을 떠나 사회에서도 비난이 자자한 자녀 우선 고용 당회장 목사 세습이라니.

자식 문제와 취업 문제,
즉, 돈 앞에서는 직업이나 다른 아무런 것도 바른 행동을 담보하지 못한다는 생각이 절로 든다.
국내 굴지의 자동차 회사 노조도 직원 결원 시
노조원 자녀 우선 채용 조건으로 말이 많았다.

어느 누구나 다른 모습이 없다.
최근에는 유력 정치인의 자녀 취업 청탁 기사로 시끄럽다.

너도, 나도 중심을 잡지 못하고
먹고살기 바쁜 세상의 모습이 되었다.
자기가 맡은 소임들은 기억도 못 하고
모든 직업이 돈벌이의 장이 되었다.

127.
가짜를 양산하는 나라

모름지기 나라에서 대놓고 가짜를 만드는 경우는
별로 없다.
일자리 정부를 표방하여
이리저리 이벤트도 하더니
뜻대로 되지 않자
억지 춘향으로 세상에 희한한 일자리를
나라에서 만들어 주고는
취업 상황이 좋아졌다고 하니

이런 일들을 해야 하는
공무원들 마음은 어떨까 생각해 본다.

목구멍이 포도청이라

하기는 하지만

스스로도 이래가지고 되나 싶을 정도의 일을

해야만 하는

가슴 아픈 시대

마음의 소리에

귀를 닫아야만 하는

시절이다.

128.
법으로 경제를 주무른다?

법 만능주의 시대다.
웬만하면 법으로 통제한다.
임금도 최저 한도를 정하고
집값도 최고 한도를 정한다.

규제 완화를
말하고는
모든 것을 규제한다.
일하는 시간도,
돈도.

경제 성장률도
개인의 행복도
법으로 보장해 주면 될까나?

산책하는 변호사의
세상 탐색기

129.
정치인의 매표 행위와 거지 국민

정치인은

공동체의 가치나 국민의 복리를 위해 일하는 사람인가?

아니면

국민을 이용하여

자신의 명예욕, 권력욕,

나아가 물욕까지 충족시키고자 하는 사람인가?

어디를 보나

가장 우선은 자신의 야욕을 일의로 하는 것 같다.

당선과 권력 연장, 이것을 제일 첫째 목표로 한다.

그 과정에서 당선을 위해서는 무엇이든 한다.

정책을 개발하기도 하고

때로 소신도 바꾸고

당도 바꾸고

공금도 자기 돈처럼 나눠준다.

때론 반대 당보다도 경쟁적으로 더 나눠준다고 한다.

국민이야 나중에 부채로 고통당하든 말든

나라야 망하든 말든

나의 지위를 유지하는 게 일의이다.

그런 싸구려, 국민을 등쳐먹는 정치인이 꽤 많다.

국민은 끝장이 날 때가 되어서야

문득 깨닫는다.

그간 사기꾼에게 당했음을.

어디 하소연할 데도 없음을 한탄한다.

산책하는 변호사의
세상 탐색기

130.
세상의 웃기는 일 ❸ -건강보험료

웃기는 이야기가 하나 더 있다.

건강보험료(건보료) 얘기다.

같은 사람이라도

소득액에 따라 2019년을 기준으로 건보료가 최고 월 636만 원이나 된다.

한 달에 600만 원이 넘는다면 물론 그에 따라 소득도 높겠지만

연 단위로 7,000만 원이 넘는 건강보험료를 부담하게 된다.

이름만 건강보험료일 뿐, 실상은 세금이다.

건강보험료로 한 달에 수백만 원 이상 내는 사람들은

대개 자기 건강관리를 잘해서

그만한 돈 들일 일도 별로 없다.

그럼

이런 일들이 왜 생겼을까?

정치인들이 인기 끄느라

세금으로 변질시켰기 때문이다.

남의 돈으로 선심 쓰는 것이다.

건보료에는 1인당 상한액을 정해야 한다고 생각한다.

물론 지금도 존재하지만, 상한액이 너무 높다.

1년에 1인당 1,000만 원 혹은 500만 원, 이런 식으로.

그래야 보험료가 된다.

그리고 보장액의 한도도 정하여야 한다.

모름지기

가급적이면 자기 돈으로

모든 것을 할 수 있도록 여건을 만들고

국가가 유도하여야 한다.

그것이 떳떳한 삶이다.

국민이 떳떳하게 살고

공금, 즉 남의 돈에 의지하여
살지 않도록 촉진하여야 한다.

131.
탈세는 정당하다?

탈세에는 이유가 있다.

나쁜 놈이거나

자기가 내는 세금이 많다고 생각하기 때문이다.

반 정도의 국민은 소득세를 내지 않는다.

웃기는 이야기이다.

물론 간접세는 낸다.

그런데 5억 원 이상 고액 소득자는 42%의 소득세를 낸다.

여기에 지방 소득세 10%를 추가하면 거의 50%,

보험료 등을 추가하면 60% 정도를 낸다.

여기서 한 가지 물어보자.

연봉을 3,000~4,000만 원씩 받는 사람들이 50%의 세금을 내라면

'그래, 내지.' 하겠나?

나의 마음과 네 마음은 같다.

그래서 고소득자의 일부가

세금을 탈루하는 유혹에 빠지는 것이다.

과도하게 욕할 것이 없다.

적은 수의 사람이라고 테러를 가하는 것은

옳지 못하다.

다수결로 정할 일도 아니다.

내 마음을 헤아려 남에 대한 처우를 정하면 된다.

법을 정하여 통과시키는 것이 전부가 아니라

많이 내는 자들이 존중받고 또 흔쾌히 낼 수 있는

사회 여건을 만들어 가야 한다.

132.
선한 일을 할 의무는 없지만

시달리지 마라!
쪼들리지 마라!
남들의 견해에 짓눌리지 마라!

선하게 안 살아도 된다.
좋은 일 안 해도 된다.
아무런 사명이나 역사적 사명도 없다.
다만 남에게 해가 안 되면 될 뿐이다.

그런데

그래도 당신 마음 한 곳이 시끄러우면

그것이 대중의 생각 때문이 아니라

당신 내면의 소리라면

그 소리를 따르라.

그것이 평안으로 가는 길이다.

자신을 따르라.

133.
새로운 것에 기회를 주는 습관

무좀약을 두고 하는 얘기다.

무좀이 있었는데
참 오래되었다.
어디서 온 지는 모르지만.

무좀은 참 낫기 어렵다.
약은 여러 가지를 써 보았다.
꾸준히.
하지만 악화를 경계할 뿐
낫거나 호전된다는 생각은
감히 하지 못한다.

근데
베트남에 여행 가서

산책하는 변호사의
세상 탐색기

으레 하는 특산품 쇼핑을 가서
업장 직원이 하는 말,
무좀 잘 낫는다고.
확실하다고 하는데.

한국에서도 치료하지 못했는데
이 나라에서 완치? 설마?

그때 떠오른 말 한마디
'새로운 것에 기회를 줘 봐야제.'
늘 읊조리던 소리였는데

그래서 사 온 무좀약에
완치는 아니래도
큰 호전을 얻었으니

무엇을 따지느냐!
왕후장상의 씨가
따로 있겠나?

새로운 시도와

사람에

기회를 주는 것을 두려워 마라!

안 된다고 하지 마라.

감히 해 보겠다고 말하라.

늘 세상은 변하고

새로운 것은 끊임없고

일의 성사는

하늘만이 아느니

무엇을 망설이며

무엇을 기다리느뇨?

134.
관계의 지침(피로)

좋은 인연
좋은 관계라도
이십 년, 혹은 십수 년이면
지칠 만도 하다.

결혼, 졸혼을 두고 하는 말이다.

135.
골프와 테니스

골프는 사치고
테니스는 운동이다?

지나가는 소가 웃을 논리이다.
언제쯤 이런 논리에서 벗어날까?

중생의 길은 참으로 멀고 험하다.

산책하는 변호사의
세상 탐색기

136.
리얼돌과 사회적 복지 국가

의식주라 한다.

이것을 인간다운 생활에 필요한 것이라 하여 나라에서 공급하느라 애쓴다.

그러나 잘못되었다. 부족하다.

의식주성이다. 즉, 의식주 외에도 이성과의 적절한 관계가 필요하다.

속된 말로 '밥만 먹고는 못사는 것'이다.

리얼돌 수입에 대하여 대법원이 인정하는 판결을 했다고 한다.

타당한 일이다.

사생활에 있어서 인형을 가지고 집에서 무엇을 하든 국가가 관여할 일은 아니다.

성매매도 금지된 나라이고

국가에서 그 부분에 관해서 아무것도 해 주는 것도 없는 이상

관여할 자격도 없는 것이 아닐지.

남녀 관계가 그 어느 때보다 힘든 시기이다.

돈 없고, 매력 없는 남자는 힘들다.

이런 사람들에게 "그냥 참고 살아라."라고 하는 것은 온당하지 못하다.

나라에서도 무언가를 해 주어야 한다.

양식 없는 자에게 식량을 주고

집 없는 자에게 임대 아파트를 주듯이

불쌍한 외로운 자들에게는 리얼돌 구매 대금이라도 지원해 주어야 하는 것이 아닐까?

여성계도 발끈할 일만은 아니다.

유쾌한 일은 아닐지 모르나, 관여할 일은 아닌 것 같다.

모두에게 기본적인 최소한의 인간적인 욕구를 해결할 길을 열어 주어야 하지 않을까?

산책하는 변호사의
세상 탐색기

137.
좌파/우파 아니고요!

좌파/우파 논쟁은 끝이 없고 화해도 어렵다.
부자지간에도 의견이 다르고 부부도 그렇다.

그런데 이런 이분법적인 이념적인 스탠스가 아니라 우리가 그를 통해 추구하는 것을 계량화하여 실용적 기준을 가지고 논의를 한다면 좀 더 화해에 가까워지지 않을까 한다.

그 기준은

- 1. 모든 민초의 인간다운 기본 생활이 보장되도록 급여를 제공하여야 한다.
- 2. 공동체의 성장 잠재력이 훼손되지 않도록 해야 한다.
- 1-1. 모든 국민은 질병 고령 사유가 아닌 한 근로하도록 노력한다.

위 1, 2의 기준이 충돌하는 경우 그 중간을 타협점으로 한다.

138.
누구나 몸을 판다?

누구나 몸을 판다.

몸을 판다고 하여 신체의 일부를 잘라서 팔거나 장기 매매를 말하는 것은 아니다.

요즈음 유튜브(YOUTUBE) 등에서 신체의 일부를 노출하고

성적 매력을 파는 행위들을 많이 본다.

본인들은 콘텐츠를 판다고 하겠으나,

성적 매력의 발산이 핵심 콘텐츠 내지 보조 콘텐츠인 경우가 많다.

이런 행위들을 비난하고자 함이 절대로 아니다.

오히려 사람이나, 동물이나 자신의 성적 매력은 핵심 자산임을 알아야 한다.

고양이가 자기 몸을 예쁘게 손질하는 것이나

새들이 털을 가꾸는 것이나

인간이 화장하는 것이나

다 같은 원리이다.

이런 예쁘게 치장한 몸을 의식적이든, 아니든
내보이고 자랑하는 것은 자연스러운 것이며
생존과 존속의 정당한 방책이다.
여기에다가 고매한 이론을, 인간의 존엄을 들이대어 비난하는 것은
웃기는 일이요, 허공에 뜬 이론이다.

몸을 판다고 하면 흔히 성매매를 한다는 것이겠으나,
그것도 글자 그대로 몸을 파는 것은 아니며
성적인 서비스를 파는 것이다.
단지 보는 것, 시각적인 것만이 아닌
촉각적인 것도 판다는 차이가 있다.

그 차이를 크게 부각하는 데에는 사회적 메커니즘이 있을 것이지만
아주 본질적인 차이는 아니라고 본다.

사회 도처에서 몸을 파는 현상들을 본다.
잠재적인 고객들을 대상으로 성적 매력을 발산하고, 팔고 한다.
비약인지는 모르겠으나,
머리를 파는 것도 몸을 파는 것의 일종이라는 생각이다.

권력의 구미에 맞는 말을 하고

이론을 개발하여 혹세무민하고, 이윽고 한자리를 얻고

이런 것들은 뇌를 파는 것이나 다름없다.

성적 매력을 파는 것보다 더 본질적인 것을 파는 것이다.

139.
모든 국민은 법 뒤에 불평등?

모든 국민은 법 앞에 평등하다.

법 앞에서만 평등하다?

법 옆과 뒤에서는 평등하지 못하다?

법은 생활의 일부이니

애초에 일부만 평등하다는 그런 선언인가 싶다.

140.
여자들도 군대에 갈 만큼 튼튼하다

.

여자도 군대에 가는 것이 어떨지?

남녀 간에 차이 나는 것은 외모와 체력이다.

그리고 고래로 외적과 싸우는 일은 남자들이 해 왔다.

힘없는 여자들이 어찌 싸우겠냐는 것이다.

마찬가지로 밖에 나가서 사냥과 수렵도 남자들이 주로 하였다.

여자는 주로 밥 짓고 애를 키웠다.

그러나 이제는 여자들이 밖에 나가서 남자들처럼 식량을 구하고 일하는 시대이다.

무기도 기계화, 전자화되어 근력이 전부가 아닌 시대가 되었다.

한 가지 더 꼽자면, 충분한 영양 공급으로 여성도 신체 조건이 전보다는 많이 좋아졌다.

남녀평등 시대에

이제는 여자도 군대에 가야 할 시점이 되었다.

실제로 여군도 많다.

모두 가는 것이 아니라 체격조건을 검사하여 일정 기준 이하 빼고
는 가는 것이 어떨지 싶다.

반대도 많겠지만 이점도 많다.

남녀평등 구현이고

사회적으로는 취업을 못 한 여성에게 일자리 제공이요,

사회생활 경험 기회를 제공한다.

세상에 태어나서 부모 밑에서만 살다가

직장 상사 밑에서 싫은 소리 들어본 일도 없이 결혼하여

철없는 신부가 되는 일도 종종 있는데, 이를 예방할 수 있다.

이래저래 좋은 제도인데

헌재는 위헌이 아니라고 한다.

누구의 눈치를 보는 건가?

아니면 나라 위신 문제로 주저하는 건가?

이제는 예전에 당연하게 여기던 제도들이 그렇지 못한
시대가 되었다.
모든 것의 타당성이 의심받는 시대이다.

산책하는 변호사의
세상 탐색기

141.
먹이에 줄 서는 하이에나 떼

먹을 것이 많은 곳에는
어디든 동물들이 꼬인다.
하다못해 식물들도 그쪽으로 가지와 뿌리를 뻗어간다.

그러나 동식물은 그때그때 필요한 만큼 소비하는데
인간은 끝이 없다.
생존이 아니라 축적을 위해 모은다.
모은 것은 또 다른 권력이 된다.
그래서 인간의 꼬임은 추잡할 때도 잦은 것이다.

다른 곳에서
적게 먹어도 살기에 충분함에도
더 먹겠다고
진흙탕도 자처하게 된다.

142.
목욕탕 속에서의 사색

난 산책하는 것을 좋아한다.

20여 년 전에 사법연수원의 입학생 명부를 작성할 때도

취미란에 산책이라고 적었다.

그 당시에 취미를 산책으로 적는 사람은 거의 없었다.

대부분 독서, 영화 감상, 바둑 등 이런 것들이 모범적인(?) 취미가

아니었던가!

나는 그때나 지금이나 산책을 좋아한다.

그렇다고 해서 멀리 걸어 다니는 것은 아니다.

보다 정확히 말하면 걸으면서 사색하는 것을 좋아한다.

배회하듯 몸을 움직이면서 이런저런 생각에 몰두하면

무아지경에 빠진다.

게다가 산책에는 살랑이는 바람이 있다.

나는 이런 바람을 '호의적인' 바람이라고 하는데,

이런 바람이라도 불고 하늘에 뭉게구름이 떠 가면
생각은 하늘을 날아다니듯이 끝 간 곳 없이 흐른다.

그러다 보면 흐트러진 실타래와 같은 사건들에 관한
해결의 실마리도 어느덧 보이고
마음도 차분히 정리가 된다.

산책은 멀지 않아도 좋다.
㎞ 수를 정하여 가는 것도 아니다.
어디서든 가능한
산책은 몸과 마음의 대화이고
나와 자연 사이의 교감이다.

나는 심지어는 사우나에 가서도
산책을 한다.
대개 사우나에는 길쭉한 사각 모양의 냉탕이 있는데
여기를 왔다 갔다 하면서 생각을 정리한다.

다른 사람들은
'저 사람이 왜 저러나?' 하고 생각할 수도 있겠지만

나는 여기서 고민거리 해결의 실마리를
얻은 적도 많다.
냉탕을 걸어서 어슬렁거리며….

풍광이 바뀌고
몸을 움직여 주면
머릿속이 더 활발히 움직이고
집중도 되면서
버릴 것을 더욱 쉽게 버릴 수 있고
가치 없는 것을 골라내는 지혜가 생기는 것 같다.
머릿속이 어지러울 때 한번 도전해 봄이 어떨지 싶다.